나 즈드라비

조 수 필
장편소설

# 나 즈드라
# 비

그럼에도 우리에겐 내일이 있으니까.

머리맡에 와 있는 햇살과 이따금

바람과 누구에게나

공기가 있고,

꽃들과 군말

나무도 있다.

또 걸을 수 있다.

무참히 낙오하게

우리는 다시, 길 위에

그러니까 모두

매일 아침에 눈을 뜨면

씩 머리칼을 간지럽히는

공평하게 주어지는

계절 따라 피고 지는

없이 서 있는

그러니 우리는

수없이 길을 잃고

되더라도… 결국

오를 것이다.

*Na Zdravi*

ㅇㅅ

"유럽은 어딜 가나 노란 조명을 많이 쓰잖아.
가볍게 날리는 노랑 말고 채도가 낮아서
살짝 붉은빛이 도는 아주 샛노란 가로등.
저렇게 확실한 노란빛이 좋아.
저 안에 있으면 그 아무리 차가운 밤이라도
한없이 포근하게 느껴지거든."

『마민카 식당에 눈이 내리면』 중에서

# 1. 빨간 지붕의 인사

어쩌면, 이 풍경을 기다려왔는지 모른다.

한 점의 구김도 없이 맑게 반짝이는 봄의 파편이 수빈의 집 창가에 이리저리 튀었다. 수빈은 거실 통창에 떨어진 햇살 조각들을 쫓아 눈으로 한 움큼씩 그러모은다.

'지금 보이는 것들을 그림으로 옮길 수 있을까. 사진으로는 담아낼 수 있을까. 아니야, 부질없을 테지. 오직 인간의 육안으로만 온전히 새길 수 있을 테니까.'

살갗에 닿는 바람이 몰라보게 상냥해졌고 반원형으로 불룩하게 배를 내밀고 있는 옆집 발코니가 못 본 새 화사해졌다. 폭이 좁은 오렌지빛 사각 화분에 촘촘히 들어앉은 블루데이지가 비할 데 없이 싱그럽다. 아래층 발코니에서는 아이들이 비눗방울 놀이를 하는지 동글동글하게 방울진 거품들이 바람을 타고 올라온다. 실바람에 두둥실 떠올랐다가 하늘거리는 꽃잎 위에서 톡, 하고 터져나간다. 비눗방울이 톡톡 터질 때마다 까르르 깔깔~ 아이들의 웃음도 함께 터진다. 조금 전부터 그 광경을 물끄러미 지켜보고 있는 수빈의 얼굴에도 은은하게 미소가 번진다.

"도무지 찡그릴 수가 없는 날이네. 오늘따라 하늘은 또 왜 이렇게 예쁜 거야, 흐음."

입은 툴툴거려도 눈꼬리는 부드럽다. 허공에 떠 있는 시선이 빨간 지붕들 위로 살며시 내려앉는다. 몇 달 전, 무작정 프라하로 떠나왔을 때, 수빈의 가슴속에는 한 가지 소망밖에 없었다.

'저기 저 지붕 아래에 숨고 싶어. 조용히 숨어 지내고 싶어. 한동안만이라도…… 아무도 날 찾을 수 없게 말이야.'

소란한 마음이 사정하듯 외쳤다. 도망치라고. 숨어버리라고. 이혼녀라는 꼬리표로부터의 도피였고 무너진 꿈으로부터의 피신이었다. 그사이 긴긴 겨울이 다녀갔다. 어느덧 6개월이나 흘렀고, 수빈은 여전히 빨간 지붕 밑에 있다.


'혹시 글 쓰는데 방해한 건 아니죠? 저녁에 시간 괜찮으면 가게로 와요. 봄 시즌 메뉴로 내어놓을 거 하나 만들어봤는데 수빈 씨한테 제일 먼저 보여주고 싶어서요.'

방금 해국으로부터 문자 메시지가 왔다. 수빈은 잠시 뜸을 들이다가 답장을 적는다. '와인도 있나요? 그럼 생각해 보고.'

라는 짧은 문장을 전송했다. 그러자 이번에는 메시지 수신음 대신 전화벨이 울린다.

"여보세요." 수빈이 말한다.

"나예요." 해국이 답한다.

수빈은 전화기를 귀에 대고 거실 창틀에 비스듬히 몸을 기댄다. 그러고는 가만가만 그의 음성을 속으로 짚어본다. 봄의 햇살처럼 보드랍고 반짝이는 소리를.

"오늘도 손님 많았어요?"

"음… 보통 때만큼요? 수빈 씨는요? 뭐 하고 있었어요? 점심은 먹었고요?"

일상을 공유한다는 것. 누군가의 하루를 그리며 다가올 아침을 기다리는 행위가 수빈에게는 어색한 일이 되어버렸다. 어색함은 낯설고 불편한 데에서 기인한다기보다, 다만 믿어지지 않아서. 도무지 믿어지질 않아서 달라진 자신을 한 발치 떨어져서 지켜보게 되는 것인데. 요즈음의 수빈이 딱 그런 지점에 와 있다.

"숨차지 않아요? 하나씩요."

"아, 미안해요. 궁금한 게 너무 많죠, 내가."

수빈은 언젠가 단비를 보며 호기심의 속뜻을 떠올린 적이 있다. 같은 아파트에 사는 그녀는 자매처럼 지내는 동생인데 수빈과는 다섯 살 터울이다. 그날은 눈이 펄펄 내리는 하얀 밤이었다. 502호 수빈의 집에서 함께 와인잔을 기울이던 단비가, "있잖아, 언니. 겨우 두 번 마주쳤을 뿐인데 친구 하자고 하는 건 무슨 의미일까?"하고 난데없이 물어왔을 때, 수빈은 비로소 깨달았다. 인간이 지닌 가장 근원적인 특성인 호기심이야말로 사랑의 본질일지 모른다고. 누군가에게 자꾸만 눈이 가고, 볼수록 더 궁금해지고, 알아갈수록 깊어지는 상태가 되는 것. 사랑은 대체로 그렇게 시작된다고 나름의 정의를 내렸던 기억이 난다. 순수하게 누군가에 대한 관심을 키울 수 있는 단비가 닿을 수 없는 빛처럼 찬란하다는 생각도 했었다. 그랬던 그녀에게 다시는 없을 줄 알았던 감정의 파도가 밀려온다. 그리고 수화기 너머에는 이해국, 이 남자가 있다.

"오늘 날씨 진짜 너무한 것 같지 않아요? 이토록 화창한 봄날에 일만 하고 있으려니 괜히 억울한데요."

수화기 너머에 있는 해국은 홀에서 출입구 쪽으로 발걸음을 내디딘다. 귓가에서 흐르고 있는 수빈의 목소리를 떨어뜨리지 않게 온 신경을 기울이며 나릿나릿한 동작으로 자리를 옮긴다.

"뭐, 그럴 수 있죠. 그래서요?"

수빈도 다시 창을 올려다보며 묻는다. 해국의 말마따나 고이 흘려보내기엔 왠지 억울할 만큼 좋은 날이라는 걸 눈으로 재차 확인하면서.

"그냥 확 문 닫고 놀까요? 수빈 씨랑요."

해국은 자신도 모르게 새어 나오는 말들을 막지 못했고,

"예약 손님들은 어쩌고요?"

수빈은 놀람과 설렘을 들키지 않으려 애를 쓴다.

"그게 문제긴 한데… 하아, 역시 안 되겠죠? 아까운 봄이 홀랑 달아나기 전에 하루라도 빨리 붙잡아야 할 텐데 말입니다."

만약 사람과 사람 사이에도 나침반이 있다면 오늘 이 남자의 바늘은 온종일 이 여자에게로 향해 있을 것이다. 의심할 여지가 없는 관심의 말들과 감출 수 없는 숨 가쁜 설렘이 많은 것을 대변한다. 수빈에게는 한때 그런 사람이 또 있었다. 언제까지고 식지 않을 것 같은 온도로 곁에 있어 주던 사람. 공기처럼 머물며 사랑의 언어를 속삭이던 사람이.

물론 알고 있다. 그 사람과 이 사람은 동일하지 않다는 걸 안간힘으로 분별하고는 있지만, 어떤 노력으로도 막을 수 없는 순간이 있으니까. 그것까지 완벽히 통제할 수는 없으니까. 그러니까 지금은… 앙금처럼 남아있는 기억의 잔해들이 손쓸 새

도 없이 불쑥 떠올랐다가 천천히 가라앉는 것을 가만히 지켜볼

수밖에 없다.

"눈을 한번 크게 떠 봐요. 마민카식당 앞에도 봄이 지천으로

떨어졌을 걸요? 음, 이를테면……."

수빈은 복잡한 마음을 누르고 창밖을 보면서 말한다. 속상

해하는 해국을 다독이려는 듯 다감하게 입을 뗀다. 옆집 발코

니에는 블루데이지,라는 봄꽃이 활짝 피었고, 그 아래층에서는

아이들의 비눗방울 놀이가 한창이라고. 거실 창가에는 반짝이

는 봄의 파편이 이러저리 튀었고, 빨간 지붕들은 모처럼 본연

의 색을 한껏 뽐내고 있다고. 봄이 이토록 폐부 깊숙이 들어와

있다고 말하면서 시시콜콜한 생의 단면을 나눈다. 마치 소풍날

보물찾기에서 발견한 선물을 꺼내 보이듯 그렇게.

"좋네요."

해국의 목소리가 흐뭇하다.

"뭐가요?"

수빈이 반사적으로 묻는다.

"그냥요. 그냥… 아주 사소한 것들까지 주고받을 수 있는 지

금이, 좋아서요."

두 남녀가 나눈 대화 중에 특별한 내용이라고는 귀를 씻고

찾아봐도 없다. 이렇다 할 화젯거리나 자극적인 가십은 물론이고, 달팽이관이 녹아내릴 것 같은 사랑의 속삭임도 없었다. 그래서, 남다르다. 요즘 날의 수빈은 보통의 순간들이 지닌 가치에 마음이 기운다. 그저 각자의 하루를 성실히 살아내다가 문득 떠오르면 짧은 메시지를 보내거나 잠깐 전화를 걸어 목소리를 듣는다. 오늘 하늘이 어떻고, 햇살이 어떻고, 옆집 풍경이 어떻고 저떻고 하면서 서로의 나날을 포갠다. 별것도 아닌 주제로 한참을 주거니 받거니 하다가 대화 말미에는 "좋네요~"라고 담백하게 말할 수 있는 사이. 아무것도 아닌 하루를 그럴듯하게 만들어주는 관계. 신기하게도 해국과는 이 모든 게 가능하다.

"아참. 봄 시즌 메뉴가 뭐예요?"

수빈이 자연스럽게 화제를 돌린다.

"그야, 미리 말하면 재미없죠. 오실 건가요, 손님? 그럼 말씀하신 와인도 종류별로 준비하겠습니다. 아시겠지만 저희 식당은 8시 반 마감이니까 수빈 씨는 8시 즈음 와서 식전주로 프로세코(Prosecco) 한잔 어때요?"

"뭐…… 그 정도면, 마다할 이유가 없겠는데요?! 그래요. 저녁에 봐요~"

약속한 석식까지는 앞으로 다섯 시간 정도의 여유가 있다. 무엇을 하느냐에 따라 넉넉할 수도 부족할 수도 있는 시간이다. 물론 딱히 무언가를 하지 않고도 어렵지 않게 보낼 수야 있겠지만 수빈은 단 몇 분도 허투루 흘려보내고 싶지 않다.

그 겨울, 꺼져가는 눈으로 세월이 가기만을 바라던 유약한 여인은 이제 어디에도 없다. 더는 슬픔을 빌미로 시간을 남용하지 않을 것이다. 더는 누군가를 기다리는 일에만 속없이 매달리지도 않을 것이다. 그러려면 이제부터 무엇을 해야 할까. 당장은 그와의 대화를 복기하느라 주춤하고 있지만 이내 생산적인 일을 찾아서 걸음을 옮겨본다. 외출이라고는 해도 그리 오래 걸리지는 않을 것이다. 그렇더라도 집을 비우기 전에 해두어야 할 일은 없는지 살뜰히 살피던 중에, 식탁 가장자리로 슬그머니 시선이 고인다. 새벽녘에 열었다 덮어둔 노트북이 반듯하게 놓여 있는 자리. 수빈은 한동안 그 자리를 우두커니 바라보다가 무슨 마음을 먹었는지 섬섬옥수를 펼쳐 서로 엇갈리게 깍지를 낀다. 하나로 묶인 두 손을 위로 곧게 들어 올리자 으윽, 하는 신음이 입 밖으로 가느다랗게 꼬리를 뺀다. 이런 수선도 얼마 만인지 모르겠다. 내친김에 몸이 기억하는 몇 가지 동작으로 스트레칭을 이어간다. 들숨과 날숨. 수축과 이완. 괴로운 건 몸인데 불평은 속에서 일어난다.

'몸이 언제 이렇게 굳어버렸지? 각성하자, 지수빈. 대체 난 어쩌자고 이 지경까지…….'

팔다리를 길게 늘어뜨리면 뭉친 근육이 풀어지듯이 움츠러든 내면도 쭉쭉 늘어서 단정하게 펼 수 있다면 좋으련만. 아무튼 생각은 여기까지. 수빈은 온몸에 도는 찌릿한 감각을 연료 삼아 마침내 행동을 개시한다. 식탁 의자 하나를 빼서 자리를 만들고 노트북 덮개를 니은 자로 열어젖힌다. 까만 화면에 불이 번쩍 들어오는 걸 확인하고는 커피포트에 물을 담아 끓인다. 순식간에 보글보글 달아오른 물은 사방으로 열을 뿜어내기 바쁘다. 구멍이 숭숭 뚫린 둥근 스테인리스 수저통과 가운데 부분만 색이 바랜 원목 도마. 상부장 손잡이에 반으로 접어서 걸어 둔 피치색 주방 타월 위에도 촉촉하게 김이 서린다. 그것도 모자라, 뜨거운 습기는 수빈의 기분까지 말랑하게 만들려는지 '오늘은 어쩐지'로 시작되는 밑도 끝도 없는 긍정을 기도문처럼 품게 한다. 오늘은 어쩐지…… 마음에 드는 글을 쓸 수 있을 것만 같다고. 오늘은 어쩐지…… 드물게 괜찮은 하루가 될 것 같다고.

그냥, 그런 예감이 든다.

## 2. 오월의 마민카식당

통화를 끝낸 해국의 얼굴에 화색이 돈다. 허리춤에 두른 앞
치마 주머니에 전화기를 맡기며 창가 자리로 고개를 돌린다.
수빈의 말이 맞다. 봄은 이미 와 있다. 열린 창 너머로 불어오
는 바람이 싫지 않다. 정확히 몇 월 며칠 자 바람부터 좋아지기
시작했는지는 일일이 세어보지 않았으니 꼬집어 말할 수 없지
만, 분명한 건 사월 언저리까지만 해도 쌀쌀맞기 그지없던 외
풍이 꽁무니를 빼고 사라졌다는 것. 그리하여 지난한 시련의
계절이 지나갔다는 것. 계절은 돌고 돌겠지만 우선은 그렇다는
것. 그런 것들을 실감케 해주는 오월이다. 식당을 찾는 손님들
의 옷차림이 표나게 가벼워졌으며 좁은 골목을 지나는 자전거
들의 바퀴 구르는 소리가 듣기 좋게 경쾌하다. 영락없는 봄이
마민카식당 앞에도 지천으로 내려앉았다.

"사장님. 사장⋯님?"

나준이 해국을 부른다. 그것도 여러 번. 한참 만에 알아챈 해
국은 조금 머쓱해한다.

"어? 어… 나 부른 거지? 왜?"

나준은 오른쪽 검지손가락으로 관자놀이를 톡톡 두드리는 시늉을 하면서,

"무슨 생각을 그렇게 골똘히 하세요?"

라고, 물었다.

"아냐. 아무것도."

"에~ 아닌 게 아닌 것 같은데요? 뭐 좋은 일 있죠?"

해국은 대답 대신 입매를 부드럽게 끌어올린다. 눈빛도 한결 온순해졌다. "저녁에 봐요~"라고 나긋하게 말하던 수빈의 목소리가 불현듯 떠올랐기 때문에.

"그래 보이냐."

"거울이라도 드려요? 히죽. 히죽. 아까 통화하실 때부터 계속 실없이 웃고 있잖아요."

괜히 뜨끔한 해국은 민망함을 감추려, 부러 헛기침을 한다.

"으으음! 뭐, 인마! 내가 언제 히죽거렸… 그랬나…?"

"그랬나,는 과거완료고요. 흐훗과 히죽을 실시간으로 남발하시는 사장님의 시제는 현재진행이라니까요, 사장님? 과거완료와 현재진행! 이거 맞죠? 동영상 공유 플랫폼에서 옛날 K-드라마 돌려보다가 알게 된 건데요. 한국에서는 영어를 이런 식

으로 배운다면서요, 사장님?"

나준은 장난기가 발동하는지, 교포인 티를 내려고 일부러 목소리를 변조하며 어눌하게 말한다. 가까스로 웃음을 참아낸 해국은,

"온라인 플랫폼이 별걸 다 알려줬구나. 됐고! 너, 그 말투 계속 거슬려. 그리고 말야. 딱히 존중하는 마음도 없으면서 말끝마다 사장님~ 사장님~ 그 사장님 소리도 좀 어떻게 하라니까."

라고 핀잔을 주는데,

"사장님을 사장님이라고 안 부르면⋯ 뭐라고 해요?"

나준은 황당함을 감추지 못하고 대뜸 대거리를 한다.

"음, 그러니까 너랑 나. 호칭을 말이지⋯⋯."

해국도 적당한 대답을 찾지 못하고 헤매고 있는데,

"그럼 혀⋯엉?"

조심스럽게 툭. 나준이 꺼내 놓은 새로운 호칭에 일순간 숙연해진다.

"글쎄, 그건⋯⋯."

나준이 그 말을 언급한 시점부터 해국은 말이 없다. 순간적으로 말문이 막혀서 어떤 반응도 할 수 없게 되었다. "형! 배고파~ 형, 듣고 있어? 아잇, 혀엉~!!" 피붙이도 아닌데 형,이라고

줄기차게 불러대던 녀석이 있었다. 당장이라도 들이닥쳐서 귀찮게 굴 것만 같은 녀석이. 해국은 지금 그 녀석 생각에 곤히 잠겨 있다.

"형~ 아니, 사장님! 혹시 제가 실수한 거라도……."

당황한 기색으로 눈치를 살피는 나준. 해국은 그런 나준을 안심시키려 성대에 한껏 힘을 싣는다.

"짜식. 실컷 까불 때는 언제고 쫄기는! 호칭은 차차 정하기로 하고, 브레이크 타임 끝나가니까 저녁 장사 준비나 하자, 응?"

"옙. 예~썰!"


이름은 하나준. 나이는 스물하나. 성격은 모난 데 없이 밝고 씩씩함. 외모는, 해국이 보기에는 그냥 안경 낀 샌님인데 나준 본인은 자꾸 '너드남'이라고 우김. Nerd? 포털사이트 오픈사전에서 정의하길 사교적이지 않고 무언가에 푹 빠져 사는 모범생스러운 이미지와 유순한 성격을 지닌 남성을 이르는 말이라는데, 다른 건 대강 그렇다 쳐도 '유순'이라… 해국이 지켜본 바, 나준은 마냥 유순한 성격은 아니다. 어떤 상황에서도 제 할 말은 똑 부러지게 하고, 어떻게 해서든 자신의 의견을 타인에게 명확히 관철시키는 타입이니까. 고로, 보편적인 '너드남'과는

다소 거리가 있지만… 그렇기 때문에 합격. 외적인 이미지와 내적인 이미지가 절묘하게 상충하는 반전 캐릭터라서. 바로 그런 점이 해국의 눈에는 신기했달까, 신선했달까. 여하튼 첫인상부터 꽤 흥미로웠다.

"안녕하십니까. 하나준이라고 합니다."

"네? 네… 안녕하세요."

정확히 기억나진 않지만, 보나 마나 그 순간에 해국의 표정은 떨떠름하게 굳어 있었을 것이다. 나준은 그런 얼굴을 보면서도 기세 좋게,

"사장님 되시죠?"

라는 말로 분위기를 주도했다.

"제가 주인이긴 한데……."

해국은 섣부른 말을 삼가고, 관찰자의 모드로 들어가는 등 방어적 태세를 취했다.

"와아. 저 방금 SNS에 떠 있는 사진 보고 왔는데요. 실물이 훨~씬 더 멋지세요."

배짱이 두둑한 건지 눈치가 없는 건지. 뭐가 됐든, 그날 나준의 붙임성 하나는 인정할 만했다.

"아, 뭐. 고맙… 고맙습니다."

해국은 오랜만에 어안이 벙벙한 기분을 느꼈다. 자영업을 하다 보면 정말 별의별 기상천외한 손님들을 다 만나게 되는데, 그럴 때마다 '지구상에는 참으로 다양한 인간 군상이 존재하는구나'하는 경이로움에 놀라움을 금치 못한다.

"저기 그런데요. 아무래도 여기에 오신 용건이⋯⋯."

1차 관찰을 끝낸 해국이 사무적으로, 그러나 예의를 갖춰 물었다.

"네. 있죠, 용건. 그러잖아도 말씀드리려고 했습니다. 아, 음! 잠깐만요. 뛰어왔더니 목이 타서. 음음! 혹시, 실례가 안 된다면 물 한 잔만 주시겠습니까?"

벌건 대낮에 뜬금없이 나타나서는 묻지도 않은 실명을 발설하질 않나. 초면에 남의 실물을 운운하며 혼을 빼놓질 않나. 그보다, 다짜고짜 물부터 내놓으라는데… 그냥 확 쫓아낼까, 하는 생각도 물론 안 한 건 아니지만 해국의 두 다리는 이미 주방으로 향하고 있었다.

"허, 거참, 물건이네. 허엇 참."

잠깐. 어째서? 분명히 언짢았는데 어이없게도 웃음이 났다. 황당함을 넘어 실소로 번지는 상황이 해국도 어쩐지 싫지만은 않았나 보다. 솔직히 일정 부분은 흥미롭기도 했다. 안경 낀 샌님. 아니, 너드남이 다음으로 또 어떤 말들을 쏟아낼지 은근히 기대 되기도 하고, 여러모로 흥미진진한 해프닝이라는 건 부정할 수 없으니까. 그래도 방심은 금물이다. 이럴 때일수록 냉수먹고 정신을 바짝 차려야지, 하면서 조리대 선반에 엎어 둔 물잔 두 개를 꺼내어 나란히 세웠다. 손바닥만 한 유리컵에 8할 정도로 차오를 때까지 냉수를 콸콸 쏟아붓고는, 두 잔 중에 한 잔을 들어 올려 입속으로 단숨에 털어 넣었다.

"크-하."

해국은 손등으로 입가에 묻은 물기를 쓰윽 닦아낸 후, 나머지 잔을 집어 들고 조리실을 빠져나간다. 포커페이스까지는 아니어도 되도록 감정을 숨겨보려 했는데 그게 잘 안 됐다. 결국엔 이도 저도 아닌 애매한 얼굴로 나준을 향해 걸어가다가 '그래. 그러고 보니 저 친구, 누구랑 참 많이 닮았단 말이야.'라고 속으로 중얼거렸다. 한편, 그런 해국의 속마음이 읽힐 리 없는 나준은 천진무구한 얼굴로 식당 구석구석을 둘러보고 있다.

새하얀 수성페인트를 칠해 놓은 벽면과 테이블마다 가늘고 길게 떨어뜨린 포인트 조명. 프라하의 낭만을 한껏 담은 흑백사진들과 골든버드 오브제로 맞춤 제작한 냅킨 홀더의 섬세함까지. 전체적으로 밥집보다는 카페 분위기에 가까운 모던한 인테리어가 돋보이는 곳, 마민카식당. 나준은 이곳이 단번에 마음에 들었다. 가게 한쪽에 진열된 북유럽풍의 빈티지 그릇들은 주인이 직접 사 모은 걸까, 하는 궁금증을 품다가 카운터로 슬쩍 고개를 돌렸는데… 계산대 가장자리에 반듯하게 놓인 연두색 화분과 눈이 딱 마주쳤다. 눈대중으로 '한 뼘은 되려나' 하는 어림짐작을 하면서 오른팔을 쭉 뻗어 손바닥을 넓게 펼쳤다. 그러자, 손가락 사이사이로 붉은 꽃잎들이 수북이 차올랐다. 이번에는 손을 내리고 꽃을 좀 더 자세히 보았다. 그 좁은 공간 속에서 피어난 생명이 나준이 알고 있는 그 로즈제라늄이 맞는지 아닌지 긴가민가하던 차에, 해국이 다시 등장했다.

"자, 마셔요."

"감사합니다."

나준은 물잔을 건네받자마자 벌컥벌컥 들이켜더니,

"제가 여기에 오기 전에 뭘 좀 봤는데요."

"뭘 봤는데요?"

살짝 풀어져 있던 해국의 눈빛이 다시 살아났다.

"마민카식당 공식 인스타그램 계정에 직원을 구한다는 채용 공고문을 올리셨더라고요."

"아, 그거요? 네, 뭐… 그랬죠."

"마침 제가 지내는 곳이 여기에서 도보로 5분 18초 컷이더라
고요. 캬~ 기가 막히지 않습니까? 하핫. 하하핫."

홀린 걸까. 너스레를 떨며 거침없이 쏟아내는 웃음소리에 아
무래도 해국이 홀려버린 것 같다. 그러지 않고서야 말이 안 되
니까. 생판 처음 보는 녀석에게 이토록 쉽게 마음이 동할 리가
없지 않나.

"글쎄 말입니다. 기가 막히긴 하네요, 여러모로."

"출퇴근 문제없고, 신체 건강하고, 용모 단정하고! 그런 의미
에서 마민카의 직원으로 저는 어떠세요?"

녀석은 끝까지 거침이 없었다. 해국은 무언가 신기한 물건을
보고 있는 사람처럼 눈을 휘둥그레하게 뜨고는,

"잠깐만요. 아까 이름이 뭐라고 했죠?"

라고, 힘주어 물었다.

"하.나.준. 입니다!"

나준은 군더더기 없이 말했고,

"그러니까 하나준 씨. 진짜 하겠다고요? 여기서? 일을??"

해국은 다시 한번 녀석의 마음을 확인했다.

"넵, 열심히 하겠습니다!"

그렇게 나준은 마민카식당의 일원이 되었다. 직원을 들일 수 있다는 건 감사한 일이다. 위태로웠던 개업 초기가 지나갔다는 뜻이며 식구를 늘릴 만큼은 자리를 잡았다는 얘기니까. 그러나 해국은 섣불리 들뜨지 않는다. 좋은 일과 나쁜 일은 계절과도 같아서 때가 되면 좋은 일이 오듯 때가 되면 나쁜 일도 온다. 그렇지만, 그렇다 하여도, 당장은 웃고 싶다. 함께 일할 동료가 있고 꾸준히 찾아주는 손님들이 있다. 계절의 여왕이라 불리는 오월이 왔고, 지금 막 그녀도 왔다.

"어, 왔어요?"

일시적인 현상이겠지만, 수빈을 발견한 후에 해국은 몸의 혈류가 빨라지는 듯한 감각을 느낀다.

"오긴 왔는데, 다시 갈까 봐요."

수빈은 주춤한다. 몸을 반쯤 틀며 왔던 길을 돌아본다.

"왜요? 무슨 일 생겼어요?"

"무슨 일은 해국 씨한테 있죠. 이 시간까지 손님이 꽉 찬 거 보니까 오늘도 엄청 바빴나 본데, 나까지 보탤 수 없잖아요. 그러니까 밥은 다음에 해요."

수빈이 어깨에 걸친 숄더백을 고쳐 매고 돌아서려 할 때, 해국은 하얀 식탁보가 깔린 테라스 자리로 걸어간다. 원탁 테이블 중앙에는 'Reserved'라고 새겨진 작은 아크릴 팻말이 세워져 있다. 해국은 보란 듯이 그 팻말을 치우며 수빈에게 싱긋한 눈짓을 보낸다. 눈치 빠른 나준도 와인병을 들고 지원 사격에 나선다.

"사장님, 아까 말씀하신 프로세코 와인요. 이거 맞죠?"

나준은 해국을, 해국은 수빈을 본다.

짧은 정적 사이에 주고받는 어색한 눈 맞춤만이 언어가 되는 순간이다. 과연 서로는 서로를 올바르게 읽었을까. 눈으로 하는 대화는 어디까지 가능한가. 그렇다면 이 순간에 눈은, 보기 위해 있는 것일까 아니면… 보이기 위해, 내비치기 위해 있는 것일까. 제삼자인 나준의 시야에는 기다리는 남자와 주저하는 여자가 있다. 해국과 수빈. 두 사람 사이에서 길을 잃은 나준은 홀로 엉뚱한 상상에 빠져든다. 세상이 말도 안 되게 더 좋아져서 스마트폰에 있는 홍채 인식 기술을 현재와 같은 상황에 도입할 수 있다면? 좋아하는 이에게 눈만 갖다 대면 상대가 마음을 열고 잠금 해제되는 신박한 마법이라도 생긴다면 '숙맥'인 사장님을 구제할 수 있을 텐데, 하는 얼토당토않은 공상을 늘어놓다가,

"저기… 사장님! 이 와인은 어떻게 할까요?"

라는 말로 서먹한 분위기를 흩트린다.

"어, 그건 이리 주고. 마감 시간 다 돼 가니까 뒷정리 좀 부탁하자."

"옙. 염려 마십쇼."

그런데 순순히 퇴장하는 줄 알았던 나준이 가던 길을 멈추고 돌아선다. 무언가 중요한 말을 빠뜨린 사람처럼 상기된 표정을 지으며 다가온다. 영문을 모르는 해국은 어리둥절하다. 나준은 그런 해국에게 바짝 다가서더니 들릴 듯 말 듯한 귓속말로 "파이팅…!"이라고 속삭인다.

"야, 너…!"

해국이 붉으락푸르락하게 달아오른 얼굴로 한 소리 하려고 폼을 잡자,

"그럼 전 이만 총총."

나준은 잽싸게 자리를 뜬다.

그 모습에 피식. 누가 먼저랄 것도 없이 해국과 수빈이 동시에 웃음을 터뜨린다. 그 사이, 검푸르게 짙어진 저녁 하늘 위로 노릇한 반월이 떠올랐다. 적당히 스산한 오월의 밤공기. 달과 바람. 은은한 조명과 감미로운 음악 소리가 이 밤, 마민카식당을 포근하게 에워싸고 있다. 이대로 지나치기에는 아까운 밤이

다. 마침, 먼저 온 손님들이 하나둘씩 자리를 뜨면서 테라스는 어느덧 둘만의 공간이 되었다. 해국은 테이블 위에 와인병을 내려놓고는 의자 하나를 슬쩍 뺀 후, 무언의 제스처로 수빈에게 답을 구한다.

"민폐 끼치기 싫었는데 어쩔 수 없네요."

라고 말하는 그녀가, 해국이 내어 준 자리에 앉는다.

"그런 생각하지 말라고 해도, 제 말 안 들을 테니까… 그럼 이렇게 해요. 오늘은 손님이 아니라 신메뉴 평가원 자격으로 온 거라고요. 그러니까 먹어보고 냉정하게 말해줘야 해요. 무조건 맛있다, 괜찮다 하면 안 된다고요. 네?"

"알았어요. 가감 없이. 솔직하게. 됐죠?"

"좋아요. 자, 그럼 우선 식전주부터 한 잔 따라 드리겠습니다."

해국이 코르크 마개를 열자 산뜻한 포도 향이 터져 나와 수빈의 코끝을 간질인다. 티끌 하나 없이 투명하게 반짝이는 크리스털 글라스에 연노랑빛 액체가 반절 가량 차오르고, 수직으로 줄을 선 기포들이 바닥을 치고 토도독 솟아오른다.

"오늘은 이탈리아 베네토 지방의 2017년 산 프로세코를 준비해 봤어요. 고심해서 고르긴 했는데 수빈 씨 입에 맞을지 모르겠네요."

　해국은 어색함을 숨기려 와인병을 만지작거린다. 왼손 엄지에 있는 지문으로 유리병 라벨에 적힌 '2017'이라는 숫자를 몇 번이고 문지른다.

　"와~ 벌써 향부터 맛있는데요? 그런데 왜 잔이 하나예요?"

　유리잔에서 코를 떼어낸 수빈이 동그란 눈으로 묻는다.

　"전 아직 안 되죠. 홀에 남은 마지막 손님까지 가시는 거 보고 앉을게요. 음식 내올 테니까 수빈 씨부터 천천히 들고 있어요. 아 그리고 참… 나 즈드라비!"

　체코에서는 잔을 높이 들어 올릴 때마다 "Na Zdravi"를 외친다. 우리식으로 하면 "위하여" 정도로 해석되는 건배사인데, 두 사람은 오늘 이 자리에서 무엇을 위하고 싶은 걸까. 나 즈드라비! 치얼스! 봄바람처럼 살랑이는 해국의 목소리가 어둑한 저녁 하늘 위로 날아오른다. 목소리가 흩어진 자리에는 묘한 설렘이 내려앉았다. 수빈 앞에 놓인 프로세코(Prosecco)는 낮에 해국이 전화로 약속한 그 와인이다. 유럽에서는 특별한 날이 아니어도 식전주로 프로세코 와인을 즐겨 마신다. 지금이야 이곳 식문화에 어느 정도 익숙해졌지만, 몇 달 전만 해도 수빈은 그 광경이 낯설어 곁눈질로 훔쳐보기 바빴다.

'빈속에 술부터 들이붓다니. 저 사람들 설마, 물로 착각한 건
아니겠지…?'

그랬던 수빈 앞에도 찰랑거리는 잔이 놓여 있다. 한 모금 입
에 넣고 잠깐 머금었다가 조금씩 목을 축이며 음미한다. 와인
마다 다른 무게와 질감을, 그 미세한 바디감에 오롯이 집중하
다 보면 잠시나마 모든 걸 잊을 수 있다. 톡 쏘는 탄산의 청량
함과 가벼운 타닌의 쌉싸래함에 정신을 빼앗기는가 하면, 알코
올 11도의 힘에 기대어 기억을 편집할 수도 있다. 불편하지 않
은 순간들만 오려 내어 안주로 삼는 밤. 수빈은 종종 이런 밤을
만난다. 이따금씩 바람이 불어와 그녀의 앞머리를 헝클고 미간
을 간지럽히는데…… 공기의 냄새나 바람의 감촉, 사소한 계절
의 실감 속에서 마민카식당의 봄밤이 달큰하게 무르익어 간다.

## 3. 방공호에 사는 여자


"쌀쌀하지 않아요?"

수빈이 봄밤의 정취에 알딸딸하게 빠져들 무렵, 해국은 그의
목소리만큼이나 보드라운 담요를 수빈의 어깨에 덮어주었다.

"괜찮은데……."

말끝을 흐리는 수빈의 시선이 해국의 손끝에 달처럼 걸린다.

"안 되겠어요. 안으로 자리 옮겨 줄게요."

걱정을 품은 해국의 눈빛이 조용히 분주하다.

"예의상으로 하는 말 아니에요. 난 여기가 좋아요."

해국은 잠시 말을 멈추고 수빈의 두 눈동자를 유심히 들여
다보더니 "그래요, 그럼." 이라고 나직이 수긍의 말을 건넨다.
그러자 수빈은, 반달눈을 지그시 감았다 뜨며

"있잖아요, 지금 내 기분이 어떤지 물어봐 줄래요?"

라고, 약간의 취기를 빌려 청한다. 의도는 알 수 없지만 그녀
의 낯빛이 발그레한 것으로 보아 나쁜 징조는 아닌 듯하다.

"어떤데요?"

해국은 고분고분하게 수빈의 주문을 따른다.

"그게 그러니까… 방공호 알죠?"

발그스름하게 달아오른 볼과 듣기 좋게 상기된 목소리와 직전까지 와인을 머금고 있던 입술이 방공호를 물어온다.

"모를 수가 없죠, 군필자라면 더더욱."

"그럼 번데기 앞에서 주름 좀 잡을게요."

"크흡. 넵. 얼마든지요~"

감아쥔 손으로 입을 가린 해국이 웃음기를 섞으며 말한다.

"근데… 왜 웃어요?"

"수빈 씨 이런 모습 처음이라서요. 꼭 다른 사람 같아요."

그도 그럴 것이, 수빈과의 첫 만남을 되짚어보면 동일 인물이라 보기 어려울 정도로 지금과는 분위기가 사뭇 달랐다. 유난히 추웠던 어느 저녁, 눈처럼 희고 겨울나무처럼 창백한 얼굴로 마민카식당을 찾았던 그녀를, 해국은 또렷이 기억한다. 아직은 서툴고 부족한 청년 사장과 텅 빈 눈으로 앉아서 밥은 먹는 둥 마는 둥 하던 한인 여성. 두 사람은 겨울을 건너 봄으로 왔다. 계절이란 그런 것. 언제 겨울이 끝났고 언제 봄이 시작됐는지 세세한 시점까지는 눈치채기 어려운 것처럼 둘 사이의 관계도 계절이 스며들 듯이 자연스럽게 흘러가고 있다.

"어떻게 다른데요?"

"수빈 씨 먼저요. 나 아직 답을 못 들었다고요."

"아 참, 그렇지. 방공호! 그러니까 이 기분은 말이죠. 전쟁으로 미래를 빼앗긴 생존자가 무너진 시간의 무덤가를 떠돌다가 이제 막 어둡고 습한 방공호에서 탈출한 심정에 빗댄다면…… 과장이 너무 심한 걸까요?"

수빈을 바라보는 해국의 눈이, 슬픈데 따뜻하다.

"전혀요. 수빈 씨가 그렇다면 그런 겁니다."

해국은 알고 있다. 수빈에게 전남편이 있다는 사실을 알게 되었을 때. 그때 두 사람은 존 레논(John Lennon)의 벽을 지나 카렐교로 향하고 있었는데… 그날의 일은, 우연이라는 말로 적당히 넘기기에는 충격이 꽤 컸다. 반대편에서 마주 걸어오던 그들은 누가 봐도 신혼부부였다. 3년 전, 수빈과 다녀간 프라하에서 두 번째 허니문을 즐기던 그 남자. 그의 얼굴은 자세히 기억나지 않지만 그 순간에 그녀가 어떤 표정으로 굳어 있었는지는 해국의 뇌리에 사진처럼 박혀 저장돼 있다. 방금 일어난 일처럼 강렬하고 선명하게.

"자, 이제 해국 씨 차례예요. 말해 봐요. 아까 나더러 이런 모습 처음이라고, 다른 사람 같다고 했잖아요."

대체로 그렇다. 같은 시간의 터널을 통과해도, 어떤 말들은 오갔는지도 모르게 온데간데없이 휘발되는가 하면, 어떤 말들은 스치듯이 들어도 가슴에 아로새겨진다. 다른 사람 같다는 말. 오늘따라 수빈은 그 대목에 마음이 묶인다. 조금 전에 해국이 꺼낸 그 말들이 날아갈까 봐 풍선에 달린 줄을 붙잡듯 지그시 움켜쥐고 있다.

"아! 내 정신! 음식을 들고나온다는 게… 수빈 씨 추울까 봐 걱정하다가 담요만 달랑 가져왔네요. 배 안 고파요?"

해국은 자신의 배에 손을 올리고, 원을 그리듯 어루만지며 묻는다.

"이런 식으로 빠져나가시겠다… 이거죠?"

답을 기다리던 수빈은 허탈감에 해국을 추궁하는데,

"흐훗. 그럴 리가요. 마감도 했겠다, 이제부터는 남는 게 시간이니까요. 음식 먹으면서 천천히 얘기해요. 그래도 괜찮죠?"

라고, 신사적으로 동의를 구하는 해국에게, 수빈은 잠깐 묘연한 표정을 짓더니 이내 달빛처럼 온화한 얼굴을 만들어 보인다.

"그렇담, 제가 기다려야죠~"

해국에게서 떨어져 나온 수빈의 시선이 프로세코가 담긴 와인 잔으로 옮겨간다.

"밤공기는 아직 서늘하니까 담요 잘 덮고 있어요. 10분! 아니 5분만요."


해국은 수빈을 두고 돌아서면서 방공호의 의미를 되새긴다. 적의 공습을 피해 땅속에 파 놓은 은신처가 눈앞에 선하게 그려져 일순간 걸음이 흔들린다. 은밀하고 안전하긴 한데 답답해서 숨이 조여 오는 작은 굴. 수빈은 대체 얼마나 오랜 시간을 그렇게 지낸 걸까. 아니 그보다, 그런 얘기를 저토록 담담하게 내뱉는 모습은⋯ 긍정의 신호탄으로 받아들여도 괜찮은 것인지, 지금으로서는 어떤 것도 확신할 수가 없다. 그저 현재하는 이 순간을 그녀와 함께하고 있다는 단순한 사실밖에는.

"음식 나왔습니다~"

식욕을 돋우는 고소한 향취와 함께 해국이 돌아왔다.

"이게 다 뭐예요?"

수빈이 눈을 반짝이며 묻는다.

"5월 한정 봄시즌 메뉴들인데요. 명이 좋아해요?"

"명이나물이요?"

"네, 몰랐겠지만 체코에는 명이가 흔하거든요. 그래서 여기에 사는 한인들은 봄마다 명이 뜯으러 숲에 다녀요. 보여줄까요? 사진이 있으려나."

앞치마 밑단을 들어 손을 앞뒤로 쓱쓱 닦아낸 해국. 바지 뒷주머니에 꽂아두었던 스마트폰을 꺼내어 사진첩을 펼친다. 한적한 숲속에서 자생하는 산마늘의 실존, 그 푸릇푸릇함을 감상한 수빈은,

"진짜 생각도 못 했어요. 유럽과 명이나물이라니."

라는 말로 놀라움을 표한다. 긍정의 느낌을 담뿍 담아서.

"재밌죠? 그런데 현지 음식점에서는 명이요리를 취급하지 않는 것 같더라고요."

"그러네⋯ 맞아요, 메뉴에도 없었고, 먹는 사람도 못 봤어요."

"그래서 마민카식당에서 준비했죠. 이건 명이나물 솥밥이고요. 그 옆에는 도토리묵과 명이나물 전. 마지막으로 명이나물 샐러드를 곁들인 궁중떡볶이가 대령했습니다."

뜬금없지만 수빈은 이런 순간에 필립 라킨(Philip Larkin)의 시를 떠올린다. '나날들은 왜 있는가? 나날들은 우리가 사는 곳. 그것은 오고, 우리를 깨우지. 끊임없이 계속해서. 그것은 그 속에서 행복해지기 위해 있는 것. 나날들이 아니라면 우리 어

디에서 살 수 있을까?'라는 시구가, 해국의 식탁을 향하는 수빈의 시선 위로 모락모락 피어오른다. 우리가 살아갈 곳은 눈에 보이는 공간이 아니라 무형의 시간 속이라고. 누군가와 함께 맞이하는 하루하루의 나날들 속에서만 우리가, 우리로서 행복할 수 있다고… 정말 그럴까. 수빈은 이제 자신이 없다. 그렇다고, 아주 오랜만에 가져보는 꽉 찬 기분을 부정할 용기도 나질 않는다. 나아갈 수도 물러설 수도 없는 나날들 위로 또 하루가 쌓여갈 뿐이다.

"테라스 공사한다고 했을 때 어떻게 바뀔까 궁금했는데 기대 이상인데요? 한옥집 마당처럼 자갈도 깔려 있고 담쟁이넝쿨도 싱그럽고, 전체적으로 마민카식당이랑 너무 잘 어울려요."

수빈이 살며시 젓가락을 내려놓으며 말한다.

"역시 공들인 보람이 있네요. 그런데 좀 좁죠? 공간이 조금만 더 넓었으면 좋았을 텐데 그게 좀 아쉬워요."

해국이 답한다. 애정이 듬뿍 담긴 눈으로 새단장한 테라스의 사방을 구석구석 둘러보면서.

"그래서 더 좋은데요? 아늑한 맛이 있잖아요."

"그렇담 다행이고요. 음식은 어때요? 이대로 메뉴에 올려도 될까요?"

"되고 말고죠. 단비랑도 한번 와야겠어요."

"참, 단비 씨… 요즘 통 얼굴을 못 봤네요. 지호 그렇게 사라지고 많이 놀랐을 텐데."

영영 끝날 것 같지 않던 겨울이 한순간에 꼬리를 감춘 것처럼 항상 그 자리에서 실없이 웃고 있을 것 같던 지호가 돌연 종적을 감춰버렸다. 유지호. 그 녀석은 대체 왜 말도 없이 사라진 걸까. 게다가 그 사실을 가장 먼저 알아차렸던 단비는, 그 뒤로 어떤 심경의 변화를 맞았을지… 풀리지 않은 수수께끼들이 달처럼 높이 떠 있는 밤이다.

# 4. 6구역 러너들

단비가 달린다. 그녀는 땀이 나도 달라붙지 않는 인디핑크 반소매 티셔츠에 스판 소재로 된 차콜색 긴바지를 입었다. 은회색 러닝화로 감싼 두 발을 구르며 앞으로 나아갈 때마다 심장이 쿵.쾅. 격한 신호를 보내온다. 이대로 내리뛰었다가는 심장뿐만 아니라 속에 든 모든 장기가 피부를 뚫고 튀어나올 것만 같다. 숨은 턱끝까지 차오르고 다리는 감각이 둔하다. 그런데 그럴수록, 이상야릇한 개운함이 신경계를 교화시킨다. 미치도록 괴로운데 뼛속까지 상쾌해지는 이 기분을, 단비는 조금 더 맛보고 싶다.

"언니~ 빨리 와! 에그 참, 도중에 멈추면 더 힘들다니까."

허흐 허으-윽. 양쪽 허벅지에 두 손을 짚고 구부정한 자세로 멈춰 선 수빈이 가쁜 숨을 몰아쉰다. 안간힘을 다해 달려도 단비와의 거리는 좀처럼 좁혀지지 않는다. 출발은 나란히 했건만 실력은 비등하지 못하다. 그래도 시야에서 완전히 사라질 정도의 격차는 아니어서, 보일 듯 말 듯한 단비의 뒷모습에 의지해

가며 수빈도 가까스로 뛰는 상태를 유지하고 있다.

"알았어. 허흐…후… 뒤따라갈 테니까 먼저 가~"

사실 수빈은 뛰고 싶지 않았다. 단비에게 티를 낸 적은 없지만 속마음은 늘상 그랬다. 그런 마음을 먹고도 매번 길 위에 나와 있는 이유는 오직 백단비, 그녀를 위해서다. 한마디 말도 없이 연기처럼 사라져 버린 지호. 그로 인해 구멍 난 단비의 일상을 복원할 수 있다면 꺼려지는 마음을 무릅쓰고서라도 함께 하고 싶었으니까.

"안 되겠다, 언니. 우리 저기에서 잠깐 쉬자."

앞서 달리던 단비가 뒷걸음질을 치더니 사정거리에 있는 광장을 가리키며 말한다. 프라하 6구역에 있는 데이비츠카(Dejvicka) 광장은 두 사람에게는 놀이터나 다름없는 곳이다. 오늘처럼 러닝을 하는 날이 아니어도 동네 주민으로서 즐겨 찾는 장소인데, 신기하게도 올 때마다 느낌이 새롭다. 그래서인지 수빈은, 이곳에서만큼은 어떤 실증도 느껴본 적이 없다. 계절과 날씨. 시간대와 이용객들. 하다못해, 새소리나 바람 소리에 따라서도 공간의 표정이 달라진다. 이런 내용을 옆에 있는 단비에게 말하면 "그게 뭐? 당연한 거 아냐?"라고 가벼이 받을지 모른다. 그럼 수빈은 "그게 어떻게 당연해? 따지고 보면 당

연한 건 어디에도 없는 거야. 진짜 신비로운 건 말이야. 저 우
주가 아니야. 아주 아주 가까이에 있다고. 너무 가까워서 눈이
멀어버려. 렌즈의 초점을 맞추기도 어려울 정도로 근접해 있어
서 저 멀리에 있는 산등성이보다 흐려지거든."이라고 대거리
를 할 참이다. 그렇지만 수빈은 속에 있는 말들을 구태여 입 밖
으로 꺼내지 않는다. 평소라면 몰라도 왠지 오늘은 그러면 안
될 것만 같다. 괜한 입씨름으로 단비의 신경을 건드리는 일은
피하고 싶다. 물론 단비는 전혀 어떤 기색도 없지만.

"와~ 햇살 뭐야! 언니, 보고 있어?"

라고, 단비가 말했다.

"응, 눈이 부실 정도로 쨍하다, 정말."

수빈은 그저 따사롭게 맞장구를 친다.


초록 잎이 무성한 키 큰 나무들이 거대한 파라솔처럼 드리워
져 있고, 듬성듬성 열린 잎사귀들 사이로 볕뉘가 자리를 튼다.
방금 전에 유모차에서 탈출한 꼬마 아가씨는 아장아장 걸어서
광장 중앙으로 후다닥 달려드는데, 아치형 분수에서 물줄기를
내뿜을 때마다 자그마한 얼굴로 앙증맞은 미소를 뿜어낸다. 이
토록 청량한 봄의 단면을 보고 있으니, 달리며 흘린 구슬땀이

시원하게 씻겨나가는 것만 같다고, 수빈은 생각한다. 그러다가 문득 분수 건너편을 보았는데 백발의 노신사가 낡은 배낭에서 주섬주섬 무언가를 꺼내는 눈치다. 잠시 후, 돋보기로 시력을 회복한 그는 사라락 책장을 넘기며 혼자만의 세계로 빠져든다. 그 앞으로는 몸집이 제법 큰 비둘기 두 마리가 뒤뚱거리며 지나가고 수빈과 단비는 그 모든 장면을 조용히 감상하며 최대한 느긋하게 걷고 있는데, 이럴 때는 걷는다는 표현보다는 스며든다는 말이 더 어울릴지도 모르겠다. 그렇게 한 걸음 두 걸음 나아가다 보니 두 사람도 어느새 광장의 일부가 되었다.

"여기에 앉을까?"

단비가 비어 있는 나무 벤치에 눈길을 주며 수빈에게 묻는다.

"응, 그러자."

수빈이 앉으려고 허리를 반쯤 숙이고 있는데,

"아구… 아구 다리야."

하고, 먼저 착석한 단비가 곡소리를 낸다.

"못살아, 백단비! 씩씩한 척은 혼자 다 하더니 그 할머니 소리는 뭐야."

"열심히 뛰었으니까 이런 소리가 나오죠. 아이구 삭신아. 나

죽네, 나 죽어~ 크크크. 내가 부끄러워? 말해 봐. 부끄럽냐고~"

단비가 수빈의 옆구리를 공략해 간지럼을 태운다.

"아흐크. 야, 너… 그만!"

"뭘 그만해. 아니라고 할 때까지 계속 공격한다~ 어?"

"알았어. 항복! 할머니 소리 취소야, 취소!"

"진즉에 그럴 것이지. 쿄쿄. 아~ 날씨 좋다~"

장난기를 거둔 단비는 하늘을 올려다보며 탄성을 지르더니, 곧장 수빈의 다리를 베고 누웠다.

"어허. 이 아가씨가 또 아무 데서나 드러눕네?!"

"뭐 어때. 해외살이 좋은 게 뭐야. 그놈의 체면 안 차려도 되는 거. 딱 그거 하난데 맘껏 누려야지. 안 그래?"

수빈이 동그랗게 말아 쥔 주먹으로 가볍게 톡. 단비의 이마에 꿀밤을 먹인다.

"으이그. 말은!"

"아얏! 하나도 안 아프지롱. 역시 사람은 몸을 움직여야 해. 언니랑 달리기 시작하고부터는 불면증이 다 뭐람. 신생아처럼 시도 때도 없이 졸리다니까. 하암~ 나 또 졸려."

단비는 무언가 삐걱거리는 일이 생길 때마다 몸을 못살게 구는 경향이 있다. 초등학교 5학년 때였나. 아버지의 직장 문제로 느닷없이 전학을 간 적이 있다. 졸업까지 1년밖에 남지 않은 상황에서 전학생이 된 아이는 외톨이가 될 확률이 그렇지 않을 확률보다 월등히 높을 수밖에 없는데, 단비의 경우는 99.9퍼센트의 가능성으로 그 범주에 들어갔다. 성격이 내향적이거나 모나서가 아니다. 오히려 그 반대였다. 튀는 캐릭터는 아니었지만(전학생이라는 타이틀 자체가 이미 도드라지는 상황에서) 무리에서 의견을 말해야 할 때마다 눈치 따위 생략하고 소신껏 입바른 소리를 하다 보니, 자발적 아웃사이더의 길로 들어서게 된 것이다. 그렇다고 딱히 울고불고하진 않았으나 스트레스가 영 없을 수는 없었다. 그럴 때 택한 방법이 달리기였다. 해질녘에 엄마가 심부름을 시키실 때면 가까운 지름길을 두고 일부러 멀리 빙 둘러서 뛰어갔다. 숨이 가파르게 차오를 때까지 죽어라 뛰다 보면 잡념은 날아가고 순간의 감각만 남았다. 어떤 날에는 심장 소리가 귀를 뚫고 나오는 상상을 하느라 길에서 혼자 키득거리기도 했다. 두부나 콩나물이 든 비닐봉지를 앞뒤로 신나게 흔들어대면서. 땀에 젖은 이마를 닦으며 배시시. 잠깐이라도 그렇게 단순해지고 명랑해지는 기분이 좋았다. 오늘도 그렇다. 마음을 주었던 지호가 어느 날 갑자기 자취를 감추었지만 단비는 낙심하지 않는다.

"혹시 말이야, 연락… 왔어?"

수빈이 어렵게 입을 연다.

"유지호?"

단비가 담담하게 응수한다.

"응, 지호 씨."

"아니. 손가락이 부러졌거나 마음이 부러졌거나. 둘 중 하나 아닐까?"

말로는 아무렇지 않은 척해도 단비는 여전히 그의 연락을 기다린다. 그렇지만 유난을 떨고 싶지는 않다. 코 빠뜨리고 있는다 해서 없어진 유지호가 다시 짠-하고 나타날 리 만무할뿐더러, 당장 찾아내 눈앞에 데려온다 한들 책임을 물을 수 있는 관계도 아니다. 정말로 화가 나는 건 바로 그 지점이다. 애초부터 단비에게는 없었다. 지호의 선택을(미리 알았다 하더라도) 돌릴 만한 어떠한 자격도 영향력도 없었다는 사실이 그가 떠났다는 팩트보다 더 뼈아프다고, 차마 이런 말까지는 수빈에게 털어놓을 수가 없다. 그러니 속으로 침잠한다. 의식의 안쪽으로 조용히 걸어 들어가, 내면 깊숙이 가라앉은 생각을 수면 위로 건져 보는데…….

'그 모든 걸 알면서도 여전히 그를 기다리는 건… 이것 또한

단비, 너의 선택인 거야.'

그녀 안의 그녀가 말한다. 답은 이미 정해져 있다고. 이제 남은 건, 각자의 선택을 감당하는 것뿐이기에 단비는 자신만의 방식으로 당차고 씩씩하게 닥쳐버린 현실을 타개하는 중이다. 지호도 어디선가 그럴 것이라 믿으며.

"나도 뭐 하나만 물어도 돼?"

단비가 화제를 돌린다.

"그럼요~ 뭐가 궁금하신 가요, 백단비 선생님?"

수빈이 만면에 너그러움을 드리운다.

"언니랑 마민카 사장님 말이야. 생각할수록 신기해. 어떻게 친해진 거야?"

"으음. 그러게. 그거야말로 이상하네."

"뭐야, 꼭 남의 일처럼 말한다?"

"비슷해. 대충 그런 느낌이야. 현실감이 없어서 꼭 남의 일 같달까. 해국 씨랑 나. 사실 말이 안 되잖아."

수빈은 옅은 한숨을 아래로 내뱉고는, 신발 앞코를 살짝 세워서 흙바닥을 발로 왔다 갔다 해본다. 러닝화의 표면과 부서진 작은 돌멩이들이 비비적대는 소리가 잠시나마 말이 쉴 자리를 만들었다.

"왜? 말이 안 될 건 또 뭐야?"

단비가 발끈하며 말한다.

"그야, 동등한 입장이 아니니까. 추가 한쪽으로 기울면 같은 저울에 있어도 서로 다른 곳을 바라보게 되잖아. 그렇게 만드는 원인이 나한테 있으니까 염치가 없는 거지."

"뭐가 그렇게 어려워? 자고로, 어려운 문제일수록 직관적으로 풀어야 하는 거라고. 이건 진짜야. 내가 재수까지 하면서 얻은 진리라고."

한껏 뿌듯한 얼굴을 한 단비가 수빈을 독려하듯 목소리에 힘을 실으며 말했다.

"그런 걸까. 이젠 잘 모르겠다, 내가 날 믿어도 되는 건지."

"감정은 믿는 게 아니라 흡수하는 거야. 그냥 받아들여. 어쨌든 서로 끌리는 건 맞잖아? 끌림. 그거 쉽게 오는 거 아니다."

"아, 그러세요? 누가 언니인지 모르겠네~"

수빈이 피식 웃으며 단비를 지그시 본다.

"쿄쿄. 나 좀 언니 같았어? 그럼 이 언니에게 털어놔 봐. 언제부터였어?"

"언제? 음, 아마도…… 처음 본 그날 말이야. 카렐교를 걷다가 몸이 너무 얼어서 정신이 혼미해진 상태로 거길 간 거야. 어디든 몸만 녹일 수 있으면 상관없겠다는 마음이었을 때 마민카, 마침 그곳이 보였고, 몸에 쌓인 눈을 털어내면서 걸어 들어갔지. 가게 문을 밀고 막 들어서려는데 머리 위에서 뭐가 쩽그렁, 하더라고. 그런 소리는 처음이었어. 차가운데 따뜻한 울림이 느껴졌어. 처마 끝에 달린 자그마한 은색 풍경이 만들어낸 그 소리를 들으면서 매장으로 조심스레 발을 들이는데, 방금 들은 그 풍경 소리를 꼭 빼닮은 사람이 거기에 서 있더라고. 하얗고 단정한데 어딘가 모르게 공허해 보이는 눈빛을 한 그 사람이. 그 눈을 보는데 꼭 나를 보고 있는 것만 같아서 이상하게 뭉클해지더라."

당시에 수빈은, 자신에게 찾아온 감정이 정확히 어떤 것인지 알아차리지 못했지만 돌이켜보니 그것은 특별해서 낯선 것이었다.

"맞아, 두 사람 그림체가 묘하게 닮았지. 그런데 이런 얘기. 해국 사장님한테도 한 적 있어?"

"아니. 어떻게 해. 혹시라도 너……."

수빈은 걱정스런 눈으로 말끝을 흐리고,

"알았어. 오지랖 안 떨게. 이 언니를 어떻게 보고. 칫."

단비는 눈썹을 한 번 찡긋하면서 보란 듯이 팔짱을 낀다.

"그래. 언니 많이 해라. 그리고 밥도 언니가 사고. 알았지? 단
비 언니?"

"아, 그건 아니지~"

수빈이 먼저 자리를 털고 일어났다. 단비도 황급히 따라나선
다. 수빈은 최대한 능청스러움을 유지하려 애쓰고, 단비는 약
이 올라 혼이 난다. 데이비츠카 광장을 벗어나 다시 집으로 돌
아가는 길은 소란한데 아늑하다. 그녀들은 걸으면서도 내내 옥
신각신하다가, 별안간 뭐가 그렇게 재밌는지 키득거리기 바쁘
다. 별것 없이 가라앉았다가 별것 없이 금세 또 웃게 되는 하
루. 프라하 6구역의 아까운 봄날이 이렇게 또 하루 지나간다.

# 5. 에블린의 세탁소

결혼이 깨지면서 수빈의 시계에도 금이 갔다. 고장 난 상태로 흘려보낸 시간은 천년처럼 아득해서 가끔은 남의 일처럼 현실감 없이 멀게 느껴지기도 한다. 상실과 좌절. 슬픔과 분노 그리고 끝없는 허무. 30년밖에 안 된 설익은 인생에 사고처럼 찾아든 텅 빈 구멍이 수빈을 고장 나게 했다. 이혼 후에 찾아온 불청객들이 생활을 마비시켰다. 하지만 언제까지고 이혼을 무기로 내세울 수는 없다. 언제까지고 과거가 현재를 지배하도록 내버려 둘 수도 없다. 그러기 위해서는 변화가 필요하다. 수빈은 우선, 삶의 큰 물음표를 심중에 반듯이 앉혀본다. 구체적으로 말해서, 존재의 의미 혹은 살아가야 할 이유 같은 것인데⋯ 처음으로 이 같은 마음을 먹었을 때에는 시험지를 받아 든 학생처럼 기어코 해답을 찾고자 했다. 어떻게든 생각을 잇고 이어서 뭐라도 결론을 내보려고 해 봤지만 결국 제풀에 지쳐 관둘 수밖에 없었다. 그게 얼마나 어리석은 수고인지 수빈은 얼마 못 가 뉘우칠 수밖에 없었다. 머리를 쓴다고 찾아질 답이 아니었으니까. 늦게나마 일말의 문제의식을 가졌다는 것. 사실은 그걸로 충분했던 거다. 속에서 한번 똬리를 튼 물음표는 자생력이 강해서 알아서 뿌리를 내리고, 알아서 가지치기를 한다는 것도.

'그래서? 이제 어떻게 살고 싶은데? 네가 그리는 일상은… 뭐야?'

수빈은 가슴속 물음표를 지팡이처럼 붙들고 기억의 저편으로 천천히 걸어 들어간다. 지나온 시간을 되돌아 걷는 기분이란 마치 먼지 쌓인 다락방에 오르는 것만 같다. 그새 거미줄은 몇 개나 늘었을지, 혹 생쥐가 기어다니는 건 아닌지… 온갖 걱정과 상상을 끌어안게 되는데, 그처럼 오래된 다락방에 가듯 기억의 방으로 간다. 언제가 마지막이었는지도 모를 만큼 한참만이라 문고리를 돌리기도 전부터 긴장감으로 입이 바싹 마른다. 그러다 마침내 과거의 문이 열리면 까맣게 잊고 있던 케케묵은 장면들이 용수철처럼 튀어 오른다.

"끼이익~!"

달리던 차가 급정거를 했고,

"에이씨! 당신 뭐야? 죽고 싶어?"

놀란 뒤차가 소리를 빽 질렀다.

빵~ 빠아앙 빵. 성난 경적이 사방에 울려 퍼졌던 그날의 우리는 어디로 가고 있던 걸까. 어디로 가려 했던 걸까…… 기억은 말이 없다. 그저 보여줄 뿐이다.

"엄마~ 같이 가~"

차에서 내린 어린 수빈은 잔뜩 얼어있다. 굳은 표정으로 저만치 멀어져 가는 피사체를 뒤늦게 인식한다. 뒤도 안 돌아보고 저벅저벅 걸어가는 그녀의 그녀를 애타게 부르며 쫓아갔다. 작은 발로 총총 빠르게 걷다가 해진 신발이 벗겨질 때까지 뛰었다. 그런데 돌아오는 말은,

"아빠 따라가! 얼른!"

그 말을 하는 표정이 어찌나 서늘한지 어린 팔다리에 힘이 쭈욱 빠졌다. 간신히 움켜쥐고 있던 엄마의 치맛단도 손아귀에서 스르륵 풀려나갔다. 그 길로 돌아선 수빈은 반대편으로 달아나는 또 다른 실루엣을 향해 맨발로 내달렸다.

"아빠! 엄마가. 엄마가……."

말을 채 끝내지도 못했는데,

"엄마 어디 갔어? 엄마한테 가 봐. 어서!"

갈림길에 선 두 사람은 서로 다른 길로 흩어졌고, 어린 수빈

은 한동안 정지된 화면처럼 우두커니 서 있어야 했다. 저만치 멀어져 가는 그들의 낯선 뒷모습을 하릴없이 목격하면서. 그날의 풍경과 그날의 환멸. 그날의 상실과 그날의 어린애…… 그날 수빈은 어떠한 표정도 지을 수가 없었지만 몸은 분명히 반응했다. 떨고 있었다. 온몸이 사시나무처럼 바들바들 떨렸다. 그럴수록 두 주먹에는 힘이 가득 실렸는데, 그건 미움이었을까? 그럼에도 살고자 하는 의지였을까? 아마도 반항심으로 표출된 맹목적인 사랑은 아니었을까. 하나로 정의 내릴 수 없는 복잡다단한 감정의 파도가 수빈을 덮쳤고, 동시에 어떤 세계가 와르르 무너져 내렸다. "엄마~ 같이 가. 엄마…" 기묘한 일이다. 까마득히 다 지나간 일임에도 여전히 모든 게 이상하리만큼 생생하다는 것이.

'그래서? 이제 어떻게 살고 싶은데? 네가 그리는 일상은… 뭐야?'

캄캄한 방에 불이 켜지듯 수빈의 기억이 환해졌다. 그러자 마침내 답이 떠오른다. 부정당하는 기분. 불편한 감각. 그런 것들로부터 온전히 해방된 하루. 멋지고 놀라운 일들이 일어나는 날들이 아니라 진주알이 하나하나 한 줄로 꿰어지듯이 소박하고 자잘한 기쁨들이 조용히 이어지는 날들. 빨강머리 앤이 말한 소박하고 자잘한 매일의 삶을, 수빈도 몹시 바라고 바란다.


　"차우. 약 쎄 마쉬(Čau. jak se máš)?"

　– 안녕. 잘 지냈어?

　에블린이다. 세탁소 아주머니인 에블린이 콧등으로 미끄러진 안경을 추켜올리며 수빈에게 인사를 건넨다. 엄마뻘인 그녀가 오뉴월의 햇살보다 따사로운 미소를 지어 보일 때마다 이목구비 사이사이로 수 갈래의 곡선이 드나든다. 세월을 머금은 여자의 주름에는 흉내 낼 수 없는 고아함이 있다. 그녀의 얼굴을 차분히 들여다보고 있자니, 수빈은 말할 수 없이 신비한 기분에 사로잡힌다. 집을 나와서 이곳까지 걸어오는 동안에 머릿속이 꽤나 사나웠는데, 언제 그랬냐는 듯이 모든 것이 한순간에 평온해지고 있다.

　"맘 쎄 도브쉐. 아 비(Mám se dobře. A vy)?"

　– 전 잘 지냈어요. 아주머니는요?

　수빈의 일주일은 단조로운 리듬으로 돌아간다. 주중에 3일은 오늘처럼 에블린의 세탁소에서 일한다. 주말을 포함한 나머지 4일은 혼자서 시간을 보내거나, 단비와 함께하거나, 마민카 식당 안팎에서 해국을 만나기도 한다. 새롭게 한 주가 오고, 또

한 주일이 찾아와도 생활의 패턴은 좀처럼 흐트러지지 않는다. 누군가는 따분한 생활이라 여길 수도 있겠지만 수빈 본인은 더할 나위 없이 만족하고 있다. 패턴화된 일정한 흐름. 그 속에서 느껴지는 고도의 안정감이 삶을 지탱한다고 믿으니까.

"맘 쎄 따끼 도브쉐. 초 또 마쉬(mám se taky dobře. Co to máš)?"

– 나도 잘 지냈지. 그건 뭐야?

"또 예 모예 크니하(To je moje kniha)."

– 제가 보는 책이에요.

프라하 6구역에 있는 502호 수빈의 집 침실에는 비비드한 레몬 컬러의 조립식 책꽂이가 있다. 주위의 이목을 끄는 걸 즐기지 않는 수빈의 성격 상, 몸에 걸치는 것은 대체로 무난한 색상을 택하는데 유독 가구를 고를 때만큼은 예외적으로 과감해진다. 심리학에 대해서는 문외한이지만, 가끔씩은 단정함의 궤도를 벗어나고픈 욕구가 아마도 그런 식으로 표출되는 건 아닐까, 하고 터무니없는 합리화를 해본다. 아무튼 수빈의 책장에는 손때 묻은 책들이 가지런히 꽂혀 있다. 혼란한 십 대 시절을 버티게 해 준 시집들과 제인 오스틴의 『오만과 편견』, 루이자 메이 올컷의 『작은 아씨들』. 한때 푹 빠져 읽었던 조앤 K. 롤링과 스테프니 메이어의 시리즈물을 비롯해서 최근에 읽은 톡톡 튀는 제목의 산문집들까지 일렬로 서 있는데, 그중에서도 오늘 수빈이 데리고 나온 책은 J.D. 샐린저의 소설이다.

"혹시 그 영화 보셨어요?"

"무슨 영화?"

"마이 뉴욕 다이어리,라는 영화가 있는데요. 원제는 'My Salinger Year'이에요. 필리프 팔라도 감독의 작품이고, 시고니 위버랑 마가렛 퀼리가 나와요."

수빈이 어깨에 맨 에코백 속에서 머리만 빼꼼 내밀고 있는 책은 제롬 데이비드 샐린저의 『호밀밭의 파수꾼』이다. 미국의 대문호로 알려진 윌리엄 포크너가 현대문학의 최고봉이라 격찬했다는 바로 그 책인데, 수빈은 은근히 반항심이 있어서 너무 유명한 것에는 흥미가 생기지 않는 편이다. 같은 이유로 샐린저도 멀리해 왔는데 별 기대 없이 본 영화 한 편이 사고를 뒤집었다.

"그런 영화가 있어? 처음 들어보는데."

"시대적 배경은 1995년이고요. 작가를 꿈꾸는 주인공이 뉴욕에서 가장 오래된 작가 에이전시에 입사하게 되면서 벌어지는 이야기예요."

수빈도 한때 엇비슷한 꿈을 꾼 적이 있다. 영향력 있는 잡지 사의 에디터라든지 혹은 히트메이커로 활약하는 광고계 카피라이터를 선망하던 시절이 있었다. 미디어에서 엿본 글 쓰는 여자들은 어딘가 히스테릭하면서도 감각적인 분위기를 발산하는 듯 보였다.

"작가? 참, 수빈도 글 쓴다고 하지 않았어?"

서울에서 수년을 같이 일한 의류업계의 VMD(Visual Merchandiser: 진열 디자인) 동료들도 모르는 글 짓는 지수빈, 을 체코 프라하의 어느 세탁소 주인은 알고 있다.

"에이, 저는 그런 수준이 아니에요. 요즘 온라인에 글쓰기 플랫폼 잘 돼 있잖아요. 그 안에서는 누구나 다 작가예요. 아주머니도 해보실래요?"

"내가? 뭘 한다고? 아휴, 난 됐어~ 가게 장부 정리하는 것도 성가신데 무슨. 어쨌거나 그 영화가 90년대 작가 에이전시? 대강 그런 내용이라는 거지?"

"네, 아주머니 취향에 맞으실지 모르겠지만 저는 좋더라고요. 그 영화 때문에 샐린저의 책을 찾아보게 됐거든요."

'좋다'는 말에는 실로 많은 의미를 담을 수 있다. 수빈이 영화도 책도 좋았다고 말한 데에는 숨은 뜻이 있는데, 우선은 '척'

하지 않아서 좋았다. 샐린저의 『호밀밭의 파수꾼』은 아는 척, 착한 척, 괜찮은 척 같은 걸 하지 않는다. 속에 있는 말들이 부패할 새도 없이 날것 그대로 토해내는 팔딱 뛰는 감정의 신선함이 초반엔 좀 버겁기도 했지만, 낱장을 넘기며 페이지를 더해갈수록 작가의 그런 용기를 응원하게 돼서 좋았다.

"영화는 해국이랑 같이 본 거야?"

"아…아뇨. 그건 아니고…"

"왜, 같이 보지~ 해국도 영화 좋아하는 것 같던데."

에블린은 무언가 알고 있는 것처럼 흐뭇하게 웃는다. 당황한 수빈은 말끝을 흐린다. 그러던 차에 벌컥 문이 열린다.

"안녕하세요~"

수빈의 등 뒤로 귀에 익은 음성이 들려온다.

"어서 와, 그새를 못 참고 나타났네."

에블린이 놀리듯 말한다.

"네? 못 참다니, 뭘요?"

해국이 고개를 갸우뚱하며 에블린 아주머니와 수빈을 차례로 본다. 괜히 머쓱해진 수빈은 에블린의 어깨너머로 시선을 던진다. 빙글빙글 돌아가는 세탁물을 보면서 딴청을 피우는 것으로 어색함을 모면하려는 것이다. 한편, 영문을 알 리 없는 해국은 에블린이 눈치채지 못하게 슬쩍슬쩍 수빈의 표정을 읽어 보는데… 세 사람 사이에는 오묘한 기류가 흐르고 가게 안에는 꽃향기를 닮은 세제 향이 은은하게 떠다니고 있다.

"일부러 저 놀리려고 그러시는 거죠?"

해국이 눈을 게슴츠레하게 뜨며 추궁하자,

"옴놈놈. 입이 심심해서 말을 못 하겠네~ 그렇지, 수빈?"

해국 놀리기에 재미 들린 에블린은 한결 더 짓궂게 장난을 건다.

"맞다, 커피! 제가 잘못했네요. 요즘 커피 배달이 뜸했죠? 가게 일이 바쁘다 보니 한동안 신경을 못 썼어요."

"뭐, 꼭 그렇다기보다는 마민카 커피가 여간 맛있어야지."

애정 어린 눈으로 장난을 거는 에블린 아주머니와 어리광 섞인 해국의 모습이 꼭 모자지간처럼 정겹다고, 수빈은 그런 생각을 하며 눈앞의 투 샷을 흐뭇하게 바라보고 있다.

"그럼 오늘은 해가 뜨거우니까 얼음 가득 넣어서 아이스커피, 어떠세요? 그 사이에 두 분, 제 험담하시면 안 됩니다. 네?"

"다시 오게? 식당은 어쩌고?"

"이거 왜 이러세요. 저도 직원 있습니다. 말이 좀 많은 게 흠이긴 한데요. 일은 곧잘 해요."

"그렇다고 주인이 자리를 비우면 돼?"

"걱정 마세요. 엎어지면 코 닿을 거린데요, 뭐."

"그러지 말고, 마민카는 그 직원에게 넘기고 세탁소로 다시 들어오지 그래?"

그러고 보니, 해국도 마민카식당을 열기 전에 몇 달간 에블린의 세탁소에서 일한 적이 있다는 걸, 수빈도 들어서 알고 있다.

"에이~ 그건 안 되죠. 일터와 아지트는 분리해야죠. 아핫, 이러고 있을 게 아니라, 손님들 들이닥치기 전에 얼른 다녀올게요~"

수빈은 이전에도 비슷한 느낌을 받은 적이 있는데, 해국에게는 에블린과 있을 때에만 나오는 숨겨진 얼굴이 있다. 아이처럼 티 없고 소년처럼 천진한 그의 민낯이 오늘따라 수빈의 마음을 흔든다.

'해국 씨 어머니는 어떤 분이셨을까.'

Maminka는 체코어로 엄마,라는 뜻이라는데… 다 큰 청년이 이역만리에 와서 처음으로 차린 식당의 이름을 '엄마'로 지은 걸 보면 무언가 사연이 있긴 있을 텐데, 그 부분에 관해서는 아직 어떠한 얘기도 듣지 못했다. 어느 정도 짐작만 해볼 뿐이다. 수빈은 해맑은 그의 얼굴을 보면서 그 아래에 드리워진 내면의 그늘을 헤아리곤 한다. 겉으로 드러나지 않은 수심을 살피다 보면 어느새 엄마 같은 마음이 된다. 이해국. 어딘가 모르게 모성애를 자극하는 이 남자가 자꾸만 수빈의 신경을 건드린다. 깨진 결혼의 상처도. 그로 인해 금이 가버린 시계도. 내 것이 아닌 양 멀찍이 던져놓고 싶어질 만큼.

# 6. 천문시계 앞에서

커피 타임은 끝났다. 해국은 마민카식당으로 돌아갔고 에블린 아주머니는 하벨시장에 들렀다가 곧장 퇴근한다고 했다. 두 사람이 자리를 비운 후에도 세탁소는 지루할 틈 없이 복닥거렸다. 방금 가게문을 열고 나간 비드라 아저씨는 옆 골목 열쇠집 주인인데 얼굴의 반을 덮은 흰 수염과 중후한 옷맵시가 인상적인 인물이다. 그는 낮에는 열쇠집에서 일하고 밤에는 첼로를 켠다. 다음 주 부터는 매 주말마다 화약탑 맞은편에 있는 히베르니아 극장에서 소규모로 오케스트라 연주회를 여는데, 첫날 무대에서 입을 연주복을 맡기러 왔다며 한참 동안 이야기꽃을 피우다가 어디선가 걸려 온 전화를 받더니, 서둘러 자리를 떴다. 언제 또 손님이 찾아올지 알 수 없지만 누군가 나타나 닫힌 문을 열기 전까지, 적어도 그 시간 동안 세탁소는 온전히 수빈의 차지다. 수빈과 에블린의 세탁소. 이 상관관계를 설명하려면 지난겨울에 가졌던 홈파티의 추억부터 되짚어야 한다. 단비의 손에 이끌려, 하는 수 없이 따라간 곳이 마침 에블린의 집이었고, 수빈은 그 만남을 계기로 소중한 인연과 뜻밖의 일자리까지 얻게 되었다. 덕분에 수빈의 나침반은 전혀 생각지도 못한 방향으로 작동하고 있다. 수빈이 프라하에 오면서 계획한 시간은 무비자로 머물 수 있는 3개월이었다. 떠나올 때는 석 달이면 충분할 줄 알았는데 이미 그 시간은 한참 전에 초과했다. 모든 게 예정에 없던 일이다. 조용히 숨어 지내기 위해 찾아든 곳에서 다시 또 사람들을 사귀고, 새로운 일거리를 찾고, 계획에도 없던 일을 위해 시간을 늘리고…… 무엇보다, 다른 여자와 신혼여행을 온 전남편과 마주치는 기막힌 상황까지 겪게 될 거라고는, 정말이지 꿈에도 몰랐다.

월요일 오전 7시 34분 / K스토리 저장 글
제목: 프라하에서 쓰는 이혼 일기
소제목: #16. 천문시계 앞에서
오늘이 벌써 열여섯 번째 이야기다. 그에 관해 쓸 말이 이렇게나 많았다는 것에 스스로도 적잖이 놀라고 있다. 어리석은 말인 줄은 알지만 그와 함께 살았을 때, 그가 대화를 피하지 않았을 때, 그가 이별을 고하기 전에… 지금이 아니라 그때 이렇게 내 마음을 세세히 들여다보았다면 어땠을까. 이혼 일기가

아니라 결혼 일기를 썼더라면. 그래서 후회나 잘못을 복기하는
게 아니라 관계를 회복하기 위한 노력과 성찰을 했더라면. 그
래도 우리는 헤어졌을까?

나는 아직도 바보 같은 가정들을 늘어놓는다. 그를 못 잊어
서가 아니다. 이혼이 창피해서도 아니다. 내가 정말 두려운 건
'바로 나'다. 아무래도 나는 타인과 혼인 관계를 지속하기 어려
운 관계 불능적인 인간은 아닐까. 그가 나를 떠난 게 아니라 내
가 그를 밀어낸 거라면? 그렇다면 나는, 다시는 어떤 누구도
사랑해서는 안 되는 게 아닐까. 나는… 나는… 난 여전히 이렇
게 바람 앞에 등불 같은데 그는 어쩌면 그렇게 모든 게 쉽고 빠
른지, 끝끝내 그를 이해하지 못한 채로 그를 보냈다.

"있잖아, 수빈아……"

"난 네가 있잖아, 할 때가 제일 겁나더라. 뭐야? 무슨 일인
데?"

희은은 몇 초간 아무런 대꾸가 없었다. 잠깐의 정적 뒤에 찾
아온 말은,

"후~ 이걸 전하는 게 맞는지 모르겠다."

"해, 그냥. 나 괜찮아지고 있다고 말했잖아. 응?"

완전히 괜찮다거나 꽤 괜찮아졌다,까지는 아니어도 수빈은

실제로 조금 쯤은 괜찮아지고 있는 중이다. 적어도 희은이 어떤 소식을 전해오든 겁내지 않고 들을 수 있는 정도. 그 정도의 회복은 된 것 같기에.

"아, 몰라. 어차피 알게 될 일인데 뭐. 너의 그 전남편이 글쎄……."

"그 사람이 왜?"

"이번 주말에 식을 올린댄다. 재혼을 하신대요."

몇 달 전, 20년지기 친구인 희은의 입으로 그의 재혼 소식을 전해 들었다. 언젠가 벌어질 일이라고 예상은 했지만 그 시기가 이렇게 성급히 찾아올 줄은 몰랐다. 그런데 그보다 더 놀라운 것은, 가까스로 그 충격에서 조금씩 벗어나고 있다고 착각할 즈음, 그가 거짓말처럼 눈앞에 나타났다. 서울이 아닌 프라하에서. 그의 새 아내와 함께.

'나야. 전화번호 안 바뀌었지? 아까 낮에는 나도 경황이 없어서 말이야. 지금 머릿속이 너무 복잡한데… 잠깐 시간 좀 내. 한 시간 후에 올드타운 광장에 있는 천문시계 앞에서 보자.'

그날 오후, 그에게서 문자 메시지가 날아왔다. 그가 보낸 텍스트를 읽는 순간, 한낮에 맞닥뜨린 장면이 어느 웹사이트의 팝업창처럼 되살아났다. 불과 얼마 전까지 나의 자리였던 그 자리. 그 남자의 옆자리. 그곳에서 다정하게 묻는 낯선 여자의 음성. "왜 그래? 아는 사람이야?" …… 현실은 때로 그 어떤 비극보다 잔인할 때가 있다. 찰나의 정적이 흘렀고, 그와 나는 결국 아무 말도 하지 못한 채 서로를 스쳐 갔다. 마치 처음부터 몰랐던 사람들처럼. 영원히 몰라야만 하는 사람들처럼.

"나와줬구나. 답이 없어서 안 올 수도 있다고 생각했거든."

감정이 빠진 남녀 사이는, 애초에 아무 사이도 아닌 관계보다 훨씬 더 건조해질 수 있다는 걸 눈앞의 그 남자가 똑똑히 확인시켜 주었다. 오늘날 나의 엑스 허즈번드로 서 있는 그가 3년 전에 나와 사랑을 속삭이던 그 사람과 동일인이 맞을까, 하는 의문이 들 만큼 여실히.

"만날 이유도 없지만 피할 이유도 없잖아."

나는 최대한 목소리에 그 어떤 감정도 싣지 않으려고 애쓰고 있었다. 아무렇지 않게, 무심하고도 무감하게.

"그래, 뭐 그렇지. 좋아 보인다. 언제부터 여기에 있었던 거야?"

한때는 세상 그 누구보다 서로의 삶에 깊게 관여돼 있었지만, 지금은 이름도 모르는 남보다 못한 사이. 그렇게 되어버린 상대가 자꾸만 의도를 알 수 없는 말들을 늘어놓는다.

"대답해야 해? 그런 말 듣자고 부른 건 아닐 거 아냐."

나는 불편감을 느껴야만 하는 그 자리, 그 시간이 각오한 것보다 더 못 견디게 별로라는 생각을 하면서 상대를 채근했다.

"아… 그래. 무슨 말을 하려고 했더라. 네 얼굴 보니까 머리가 하얘지네."

"새신부는 어쩌고 나왔어? 들키면 어쩌려고?"

"들키다니 뭘."

"몰라서 물어? 프라하가 당신에게 어떤 곳인지."

어떤 마음이면 그럴 수 있을까. 꼭 여기여야만 했나. 나와 함께 신혼여행의 추억을 만든 이곳. 영원한 미래를 약속했던 이곳인데 다른 곳도 아닌 프라하를 새로운 아내와 다시 찾은 그 사람을 내 머리로는 도저히 받아들일 수가 없다. 왜냐하면, 이로써 나는, 그와 함께한 모든 시간을 통째로 부정당한 기분이니까.

"그게 뭐 어때서? 아까 보니까 너도 옆에 누구 있는 것 같던데, 누구야? 믿을 수 있는 사람이야?"

"왜? 뭐가 알고 싶은 건데?"

결국엔 파국. 신물 나도록 익숙한 대화의 패턴이 이어졌고 때마침 우리 두 사람을 질책하듯 시계 종이 울렸다. 구시청사

천문시계는 연, 월, 일, 시간을 나타내는 칼렌다륨,이라는 상단 시계와 계절별 장면들을 묘사하는 플라네타륨,이라는 하단 시계. 이렇게 두 개의 시계로 이루어져 있다. 정각이 되면 황금색 닭이 나와 종을 울리고 칼렌다륨의 해골 모형이 움직이면서 12 사도들이 창문을 열어 모습을 드러냈다가 사라진다. 만인이 손꼽는 진풍경이다. 프라하 여행에서 빼놓을 수 없는 낭만적인 볼거리인 탓에 매 시간 정각만 되면 수많은 사람들이 천문시계 앞에서 사랑을 속삭인다. 그날도 그랬다. 나와 나의 전남편이 된 그 사람. 우리 둘만 빼면 정말이지 완벽한 그림이었다.

세탁소 손님의 소강상태는 30분 가까이 지속되고 있다. 가게 안은 한없이 적막하고 수빈의 눈은 공허하다. 허공을 보는 그녀의 눈이 시선을 떨구면 환하게 켜진 전화기가 속을 훤히 드러낸다. 오늘 아침, 출근하기 전에 집에서 써 놓고 나온 글이 수빈의 손바닥 안에 고스란히 들어있다. 아직 발행하지 않은 새 글의 전문을 처음부터 차분히 읽어 내려가다가 미묘하게 복잡한 감정이 일어서 잠시 허공을 올려다본다. 최대한 감정을 누르고 문맥이나 맞춤법, 띄어쓰기나 행간의 의미 같은 것에만 신경을 집중하려 하는데, 그게 말처럼 쉽지가 않다. 수빈에게는 문장을 짓는 일보다 어려운 일이 감정의 부피를 줄이는 것이다. 그런 면에서는 매번 실패의 고배를 마시지만 일견 치기가 발동하기도 한다. 자전적 에세이란 모름지기 솔직해야 하는 장르가 아닌가. 에세이를 쓰면서까지 감정을 억제하고 마음을 포장해야 한다면, 수빈은 더 이상 글을 쓸 이유가 없다.

'이제 와서 뭘 망설이는 거야? 괜찮아, 지수빈. 위축되지 말자. 글을 쓰기로 한 건 아무래도 잘한 일이야.'

수빈의 글쓰기에는 가시적인 목적이 없다. 전업 작가를 지망하는 것도 아니고 부업을 노리는 것도 아니다. 처음부터 그랬다. 무엇을 바라고 글을 쓰는 것이 아니다. 그녀가 글쓰기에서 기대하는 것은 오직 치유. 오직 자유. 비우고 비우다 보면 언젠가는 홀가분해질 것이라는 막연한 믿음. 단 하나 바라는 게 있다면 그런 것이다. 활자로 가득한 까만 글 숲에 들어앉아 있다 보면 놀라운 경험을 하게 된다. 타인의 이야기. 그 속에 담긴 저마다의 고뇌와 무게를 마주하다 보면 그간 연연해왔던 모든 일들이 어쩌면 큰 문제가 아니었을 수도 있겠다는 깨달음이 든다. 이 세계 안에서는, 여기서만큼은 솔직해져도 되겠다는 안심이 생긴다. 그런 이유로 수빈은 오늘도 글을 게재하기 위한 '발행' 버튼을 누른다.

'아니 왜 그분은 하필이면 또 프라하래요? 아, 화나. 제 얘기도 아닌데 왜 제 마음이 아픈지 모르겠어요. 그렇지만 그런 생각은 안 하셨으면 해요. 관계 불능적인 사람이라는 생각이요. 이건 좀 이기적인 마음일지 모르지만, 왠지 작가님이 힘을 내면 저도 조금은 용기가 날 것 같아서요. 관계는 늘 어렵고 두렵지만 그럴더라도 시작은 해보고 싶거든요. 그러니까 작가님도 파이팅! 그럼 다음 글도 응원하겠습니다.'

글을 올리자마자 댓글 하나가 달렸다. 비관적인 생각은 하지 말라고. 용기를 내라고. 두렵지만 같이 힘을 내자고. 얼굴도 모르는 이가 수빈을 다독인다. 주저앉은 수빈을 일으켜 등을 쓰다듬는다. 익명의 위로가 이렇게 다정해도 되는 것인가. 결국 수빈의 두 뺨으로 뜨거운 눈물이 흐른다.

# 7. 파리로 간 그 녀석

Paris, 이 도시는 도통 내숭을 모른다. 체코 프라하의 매력이 귀부인 같은 고풍스러움에 있다면 프랑스 파리는 당찬 말괄량이 아가씨 같달까. 속속들이 들여다보면 아닐 수도 있지만 지호는 아직까지 이보다 적절한 비유를 찾지 못했다. 젊음이든 개성이든 혹은 그밖에 무엇이든 뭐 하나 빼는 법이 없다. 그래서 태가 난다. 그럴싸한 수식어의 도움 없이도 이름 자체로 '로맨틱'의 고유명사가 되는 곳. 파리는 그런 곳이니까. 에펠탑의 실물은 기대보다 훨씬 성대하며 메인 스트리트에 들어선 가게들은(인테리어에 쓴 비용에 비례하여 매출을 올리는지) 하나같이 외관이 삐까뻔쩍하다. 센 강을 거니는 파리지앵의 자태에는 흉내 낼 수 없는 멋스러움이 있고, 샤를 드 골 광장 한복판에 있는 개선문의 콧대는 언제 봐도 하늘을 찌른다. 이 도시도. 도시의 사람들도. 존재감을 드러냄에 있어서는 어떠한 거리낌도 없어 보인다고, 지호는 생각한다. 센 강의 낭만이 흐르는 비르하켐 다리(Bir-Hakeim Bridge) 위에서.

"도브리 작가님?"

누군가 자신을 부르는 듯한 인기척에, 기마상 앞에서 비딱하게 서 있던 지호가 자세를 고쳐 몸을 반듯이 세운다. 그런데 아무리 둘러보아도… 주위에는 얼핏 한국인으로 보이는 백발 어르신 두 분 뿐이다.

"사진작가님, 맞으시지요?"

어리둥절한 표정으로 눈만 끔뻑이는 지호에게, 할아버지가 재차 물어온다. 휴대전화 액정과 지호의 실물을 한 번씩 번갈아 보면서.

"네? 아, 네! 그럼 혹시… 오늘 예약하신 분이신가요?"

"허허. 그렇소만. 늙은이들이 나타나서 놀랐소?"

"아, 아녜요. 그런 게 아니라요."

"아니긴. 얼굴에 다 쓰여있는데 뭘. 솔직히 말해도 괜찮소. 이렇게 만난 것도 인연인데 우리 악수 한번 합시다."

조금 전까지 아내의 손을 꼬옥 잡고 있던 노년 신사의 다정한 손이 이번에는 지호를 향하고 있다. 지호는 거뭇하고 투박한 그의 손을 지그시 보다가 들고 있던 카메라를 얼른 목에 걸더니 양손을 골반 뒤쪽으로 가져간다. 매끈한 바지천에 손바닥을 쓰윽 닦고는 왼손으로 오른손을 받치는 시늉을 하면서 할아버지의 거친 손을 부드럽게 맞잡는다. 그러는 사이, 할머니는 한 발치 뒤에서 두 남자의 어색한 첫 대면을 흐뭇한 눈으로 바라본다.

"찾아오시기에 어렵지는 않으셨어요?"

지호가 공손히 여쭌다.

"모르는 게 있으면 전화기가 다 알려주는 세상인데 어려울 게 뭐가 있겠소."

할아버지가 씨익 웃으신다.

"네, 그야 그렇지만."

지호도 슬슬 긴장이 풀리는지 덩달아 입꼬리가 씰룩 올라간다. 말로는 아니라고 했지만 속으로는 퍽 당황했던 눈치다. 왜 아니겠는가. 스냅사진 촬영을 시작한 이래로 오늘처럼 뚝딱거려보기는 처음이다. 줄곧 젊은 커플들만 상대해 왔던 터라 어르신들에게는 어떻게 대해야 하는지 통 요령이 없다. 대화의 주제를 고르는 것부터 난관인 데다 특정 자세를 주문하는 화법이나 사소한 에티켓까지 온통 미숙한 것들 투성이다. 미리 알았더라면 옷이라도 좀 얌전하게 입고 나왔을 텐데, 하면서 때늦은 후회를 한다. 그에 반해, 역대 최고령 커플인 오늘의 손님들은 배테랑 모델처럼 여유가 철철 흘러넘친다. 안절부절못하는 지호도, 새롭게 처한 이 상황도, 모든 게 그저 반갑고 즐겁다는 듯 아이처럼 해사하다.

"나이 80에 별걸 다 해보네. 안 그래요, 여보?" 할머니가 말한다.

"재밌지 않소? 이 나이에도 못 해 본 일이 있다는 게 말이오." 할아버지가 답한다.

노부부의 대화를 잠자코 듣고 있던 지호는 마른 입술을 달싹여 "촬영 시작하겠습니다~"라고 입 밖으로 소리를 내려다가 표변한 얼굴로 조용히 카메라를 들어 올린다. 지금 이 순간, 세상에서 가장 아름다운 커플의 다시 없을 모습을, 최대한 자연스럽게 담아내기 위해서.

"어엇. 거, 작가 선생님~ 벌써 촬영이 시작된 거요?"

옷매무새를 고치던 할아버지가 묻는다.

"그냥 테스트 촬영 좀 해봤어요. 본 촬영은 이제 시작할 텐데요. 뒤에 에펠탑 보이시죠? 여기가 센 강을 배경으로 파리의 랜드마크를 제일 예쁘게 담을 수 있는 장소라서 여기서 뵙자고 했습니다."

지호가 조곤조곤하게 설명을 늘어놓는다.

"어쩐지 다 이유가 있었네요. 하긴. 작가 선생님이 어련히 알아서 해주실까."

할머니가 손가방에서 네온 블루 계열의 토르말린색 스카프를 꺼내더니 목 뒤로 천천히 두 바퀴 감아 두르며 말을 보탠다.

"그럼 시작하겠습니다. 시선은 저를 보시되, 몸은 난간에 살짝 기대듯이… 예, 좋습니다!"

무릎을 굽혀 쪼그려 앉을 때마다 뒤꿈치가 뭉툭하게 닳은 지호의 운동화 밑창이 고개를 치켜든다. 색 바랜 카고 바지에는 주머니가 요란하게 달려있고, 품이 넉넉한 회색 티셔츠는 앞에서 보면 심심한데 뒤태가 반전이다. 어느 뒷골목 담벼락에서나 봄 직한 힙한 그라피티 같은 프린팅이 등에 가득하다. 시선을 조금 더 위로 올리면 다른 그림도 볼 수 있는데, 목이 살짝 늘어난 티셔츠 자락을 지나면 새가 한 마리 앉아 있다. 왼쪽 목덜미에 푸른색으로 그려 넣은 작은 새 그림 타투(tattoo)는 그가 카메라를 들어 올릴 때마다 마치 날갯짓이라도 하는 양 움찔한다.

"네, 됐습니다~ 여기 촬영은 이만하면 될 것 같고요. 다음 장소로 이동할게요."

지호가 말한다.

"늙은이들 힘들까 봐 서두르는 거 아니요?"

할아버지가 노파심인지 농담인지 모를 물음을 건넨다.

"전혀 아니고요." 지호가 황급히 손사래를 치며 "이건 진짜 그냥 드리는 말씀이 아니라 두 분 표정이 너어~무 좋으셔서 촬영이 술술 진행돼서 그런 거니까요. 염려 안 하셔도 돼요, 어르신~"

하면서 살갑게 군다.

"사진을 찍어 달랬더니 노인네 마음을 녹이네 그려. 그런데 말이오, 젊은 양반! 본명이 도브리는 아닐 테고, 도브리? 도브리. 불어를 모르니 원. 무슨 뜻인지 물어도 되겠소?"

할아버지가 호기심 어린 눈으로 지호를 본다.

"아, 도브리요! 불어가 아니라 체코어입니다. 'Dobry'는 체코어로 '좋은'이라는 뜻입니다. 제가 프라하 교민으로 오래 살아서 불어보다는 체코어가 익숙하거든요."

지호가 말을 끝내려 하자, 이번에는 할머니가 나선다.

"저런. 어린 나이에 남의 나라에서 고생이 참 많았겠네. 얼마나 힘들었을까. 으휴, 대견해라~ 그래, 참! 작가 선생님~ 좀 전에 도브리가 좋다는 뜻이라고 했지요?"

뭉게구름을 닮은 할머니의 폭신한 음성이 지호의 빈곤한 마음을 보드랍게 감싸안는다.

"네, 맞아요. 그렇게 말씀드렸어요."

지호의 말씨가 한결 더 나긋해졌다.

"도브리. 발음이 참 곱네~ 그런데 말이지요. 이 나이만큼 살아보니 그렇습디다. 세상사 살아내는 일이 어디 좋기만 하겠어요. 하지만 말이에요. 불행을 피할 수 없는 것처럼 행복도 반드시 오긴 온답니다."

비르하켐 다리 위에서 시작한 노부부의 촬영은 강변을 따라 한 시간 가량 진행됐다. 일이 끝나고 지호는 다시 혼자가 되었지만 머리는 여직 셋일 때 나눴던 이야기를 맴돈다. 특히 마지막에 할머니와 나눈 대화는 여운이 긴 물음표로 남았다. 정말 그럴까? 행복이라는 거, 형태도 없는 추상 명사 따위에 기대를 걸어도 되는 것일까. 그럴 바에는 차라리 도처에 도사린 불행과 공생하는 법을 배우는 편이 능사가 아닐까. 모르겠다. 행복이 무엇인지도 모르겠고 그런 게 꼭 필요한지도 의문이다. 남들이야 어떻게 여기건 지호가 파리에 온 목적은 따로 있다. 쓸모, 스물일곱에 걸맞은 쓸모를 찾으려는 것이다. 전 교육과정 해외 이수. 12년 특례. 명문대 타이틀. 그리고…… 1년 만에 자퇴. 당시에 소식을 들은 주위 사람들은 지호만 보면 할 말을 잃고 횡설수설했지만, 정작 당사자는 나쁘지 않은 시간을 보냈다. 프라하로 돌아와 유학생들에게 체코어를 가르치는 어학원의 파트타임 강사 일도 나름대로 적성에 맞았고, 틈틈이 어머니가 운영하는 한인 민박집에서 일손을 돕는 것도 할만했다. 남는 시간에는 해국을 보러 마민카식당에 가거나 혹은 단비를 만났다. 간혹, 아무 일도 없이 완벽히 혼자가 되는 날에는 올드타운 광장에 자리를 잡았다. 노천카페 1열에 앉아서 벨벳(처럼 거품이 부드러운) 맥주를 한 잔 주문한 뒤, 오가는 사람들의 행동과 표정을 직관하다 보면 두어 시간 정도는 어렵지 않게 흘려보낼 수 있었다. 크게 좋을 건 없어도 특별히 나쁠 것도 없는 생활들. 그럭저럭 괜찮은 일상이었지만 강물처럼 잔잔한 상태가 지속될수록 속에서는 더욱 거세게 요동쳤다. 겉으로 허허실실 웃고 있다고 해서 속까지 그럴 수는 없었기에. 괜찮은 척. 나쁘지 않은 척. 한갓지게 여유로운 척. 그러던 어느 날 아침, 세안을 하다가 무심결에 거울을 보았는데 별안간 터져 버렸다. 희멀건 얼굴 속에 언제 꺼져버렸는지도 모르게 식어버린 눈빛이 잿더미처럼 까맣게 타고 있었다. 긴 시간, 속으로 꾹꾹 눌러 담았던 문제들이 터진 수도꼭지처럼 밖으로 뻥 터져 나왔을 때, 지호는 비로소 순응할 수밖에 없었다. 더는 미룰 수 없겠다는 직감과 지금이 아니면 안 될 것만 같은 충동이 그를 강하게 끌어당겼다. 휘몰아치는 회오리에 휘말린 건 예견된 운명이었을까, 우연한 사고였을까.

지호는 파리 8대학의 영화과 입학을 앞두고 있다. 가을 새 학기까지 두 달 남짓 여유가 있지만 왜인지 모르게 자꾸만 조바심이 난다. 이 불안의 실체는 무엇일까. 미래를 향한 열망일까 아니면 두고 온 것에 대한 미련일까. 그도 아니면. 그게 아니라면…… 혼란한 감정이 지호를 다그치는 와중에도 파리의 용모는 흐트러짐 없이 반짝인다. 프랑스의 북서부를 적시는 센강은 오늘따라 더 유유히 흐르고, 그림 같은 도시를 지붕처럼 덮은 하늘은 푸른 물감을 뿌려 놓은 듯 쾌청하다. 이토록 거짓말처럼 말간 풍경 위로 한참 전에 헤어진 두 어르신의 모습이 슬며시 겹쳐진다.

"사진은 후반 작업이 필요해서요, 넉넉잡아 보름 정도는 걸릴 것 같습니다. 어디로 보내 드리면 될까요? 자제분 메일 주소를 알려주시면……." 하고, 지호가 할아버지께 여쭀을 때,

"뭣 하러요. 자식들 귀찮게 안 하고 알아서 잘 지내는 게 우리 여생의 숙제라오. 가만. 보름 뒤에 오늘 찍은 사진들이 날아오면 잃어버린 물건을 되찾은 기분이겠구먼. 그것도 나쁘지 않

겠구려. 좀 이따 숙소에 돌아가면 내 수첩에 적어 놓은 이메일 주소를 찾아서 보내드리리다." 라고, 멋쟁이 노신사다운 답이 돌아왔다.

앞으로 50년 남았다. 두 어르신의 연배가 되려면 무려 반백 년을 더 살아내야 하는데, 그런 생각이 들자 지호는 자신도 모르게 탄식한다. 지나온 시간의 곱절을 더 건너야 다다를 수 있는 경지라니. 가늠할 수 없이 아득한 세월이 지호를 숙연하게 만든다. 언젠가는 그분들처럼 아름다운 노년을 맞을 수 있을까. 그렇게나 근사한 어른이 될 수 있을까. 지호는 한동안 오늘 낮에 마주한 장면들을 잊지 못할 것 같다. 영화보다 더 영화 같았던 어느 노부부의 짙은 잔상이 파리,라는 망망대해 위에 부표처럼 떠 있는 한 청년의 시선 끝에 그림자처럼 드리워진다. 나른한 오후의 햇살 속에서.

# 8. 어머니의 기일

비 오는 화요일이다. 먹구름으로 뒤덮인 하늘과 바람에 흩날리는 빗줄기가 시야를 가리는 통에 해국은 그새 정오가 다 되어간다는 사실도 까맣게 잊었다.

"와, 이거. 이래도 되나. 사장님! 아잇, 장사가 원래 이런 겁니까?"

방향 지시등도 없이 훅 들어온 나준의 신경질적인 음성이 조용히 창밖을 보는 해국의 귀를 툭툭 건드린다.

"왜? 또 뭐가 문젠데?"

해국은 딱히 관심은 없지만 반응은 해야겠다는 뉘앙스로 심드렁하게 고개를 돌린다.

"그렇잖아요. 평소 같으면 점심 손님들이 줄을 서고도 남을 시간인데 비 좀 온다고 그 많던 사람들이 발길을 뚝. 그럼 오늘 하루 매출도 뚝뚝 떨어질 텐데, 사장님은 걱정이 안 되세요?"

얼굴의 반을 가린 동그란 안경테와 그 너머로 보이는 나준의 찌푸린 미간이 묘한 이질감을 만든다고 해국은 생각한다.

"그걸 왜 네가 고민하세요? 나는 말이다. 손님이 없을 때는 매출보다 직원 걱정을 더 많이 해요. 저 녀석이 오늘은 또 무슨 황당한 소리를 해댈까, 하고 말이지. 알겠냐?"

말은 퉁명스럽게 해도 눈은 생긋 웃고 있는 걸 보면, 두 사람 사이에도 어느새 정이라는 게 싹트고 있는 모양이다.

"아이, 사장님~ 황당한 소리라뇨. 제 말이 틀렸어요?"

"그래, 틀렸다. 다른 날이라면 몰라도 오늘은 네 말에 동조할 기분이 아니거든."

"왜요? 오늘이 무슨 날인데요?"

나준에게는 굳이 말하지 않았지만 5월의 네 번째 화요일인 오늘은 해국에게 아주 중요한 날이다. 3년 전 오늘, 유일한 가족인 어머니를 잃었다. 그녀가 없는 세상에서 그만큼이나 살았다는 게, 지금도 살고 있다는 게… 도무지 믿어지지가 않아서 아직은 눈물을 흘릴 수가 없다. 당장이라도 비행기만 타면, 한국으로 날아가기만 하면, 늘 계시던 자리에서 언제나처럼 반겨줄 것만 같은 어머니. 어머니… 오늘은 그런 어머니의 기일이다. 그래서 해국은 화가 나지 않는다. 비가 내려도. 손님이 뜸해도. 오히려 그래서 다행이라고 여기고 있으니까.

"아참, 아까 전화 왔었는데."

주어만 쏙 빼고 말하는 나준을 해국이 빤히 보다가,

"누구?" 하며 물었다.

"수빈 누나요!" 라고 나준이 얼른 실토한다.

"누나? 언제부터 누나야?"

해국이 살짝 거슬린다는 듯이 뾰족하게 받아친다.

"저보다 나이가 많으니까 누나죠. '형'은 아니잖아요?"

"하나준, 너…"

"맞다, 참! 사장님도 수빈 누나보다 한 살 적으니까 저처럼 편하게 '누나'라고 부르세요~"

나준이 능글거리며 해국의 약을 올린다.

"그걸 왜 네가 정하냐. 쓸데없는 소리 그만하고 통화 내용이나 말해 봐."

목소리는 애써 태연한 척 연기를 하고 있지만 흔들리는 해국의 동공은 궁금한 마음을 숨기지 못한다.

"뭐랬더라. 아, 그렇지. 어딘가 좀 이상했어요. 알 수 없는 소리만 하다가 끊었다니까요, 글쎄. 오늘 가게 문 일찍 닫는 거 아니냐면서 사장님 기분은 괜찮냐고 묻던데요? 아차차. 이거 말하면 안 되는 거였…나? 혹시, 누나가요. 사장님을 위한 사랑의 이벤트 뭐 그런 걸 준비한 걸까요? 만에 하나 그런 거라면 소인의 입방정은 못 들은 걸로 해주십시오."

황급히 입을 닫은 나준은 오른손의 엄지와 검지를 붙여 입가로 가져가더니 좌측에서 우측으로 쓱~ 지퍼를 채우는 시늉을 한다.

"또 까분다. 요즘 내가 잔소리가 줄었지? 으휴. 뭐 더 다른 말은 없었고? 야, 근데 넌 그런 말을 왜 이제……."

나준은 뭐라고 대꾸를 하는 대신 심각해지는 해국의 얼굴을 주의 깊게 살핀다.

"안 되겠다. 나 좀 나갔다 올게."

돌변한 해국이 선언하듯 말한다. 풀어 재낀 앞치마를 돌돌 말아 나준의 손에 덥석 쥐어 주고는 당장이라도 뛰쳐나갈 듯한 얼굴로 창밖을 본다.

"왜요? 무슨 일인데요?"

나준이 따지듯 묻는다.

"기도."

해국은 두 글자로 답한다.

"네~?"

나준이 귀를 의심하며 되묻는다.

"그럴 일이 좀 있다. 자세한 건 다녀와서 말할게."

입구 쪽에 세워 둔 우산꽂이에서 검은색 장우산을 하나 꺼
내든 해국은 그대로 문을 열고 빗속으로 몸을 던진다. 나준은
갑작스럽고도 불가사의한 그의 돌발 행동을 골똘한 얼굴로 지
켜본다. 장대비 사이를 뚫고 나아가는 해국의 흐릿한 뒷모습이
시야에서 완전히 사라질 때까지.

퍼붓는 기세로 봐서는 쉬이 그칠 것 같지 않았는데 왕왕 울
다가 금세 뚝 울음을 멈춘 아이처럼 굵은 빗발이 빠르게 잦아
들었다. 칙칙하던 하늘이 투명하게 개었고 흠씬 물기를 머금은
성 니콜라스 성당 위로는 환영 같은 무지개가 반원으로 아스라
이 떠올랐다. 눈에 없는 것이 있는 것처럼 보이는 것, 환영(幻
影). 지금 해국의 눈에 비친 오색 무지개가 영락없이 그렇다.
보고도 믿을 수 없는 광경이란 대개 이런 순간을 일컫는 것이
겠지, 하고 해국은 조용히 감상에 젖는다.
  "같이 봐요."
  역시나 환영 같은 목소리가 해국의 좁은 달팽이관을 타고
긴가민가하게 흐른다. 반사적으로 돌아간 고개가 직시한 인물
은 지수빈. 그녀의 오밀조밀한 눈, 코, 입이 해국의 두 눈동자에
가득 차오른다.

"좋은 건 같이 봐야죠."

수빈이 같은 말을 한 번 더 되풀이하면서 해국의 두 발 옆으로 자신의 두 발을 사뿐히 가져다 놓는다.

"저걸 보느라 수빈 씨가 온 줄도 몰랐네요."

해국의 시선은 성당과 무지개를 향하고 있지만 그의 온 신경은 이미 그녀에게 가 있다.

"자, 받아요."

아까부터 뒷짐을 지고 있던 수빈은 등 뒤에서 흰 국화 한 다발을 꺼내어 해국에게 내민다.

"웬 꽃이에요?"

생각지 못한 전개에 해국은 잠시 멍해진다.

"왜긴요. 오늘 해국 씨 어머니 기일이잖아요. 그래서 여기에서 보자고 한 거 아니었어요? 이런 날에 빈손으로 오는 건 예의가 아니죠."

봉긋하게 입을 벌린 새하얀 꽃잎들과 그 위로 피어난 순백의 미소가 해국의 심장을 사정없이 두드린다.

"고마워요. 어머니가 기뻐하실 거예요. 음, 그러니까 제 말은……."

해국은 더 무슨 말을 하려다 말고 몸을 살짝 옆으로 튼다. 그러고는 크게 한번 심호흡을 한다. 그 모습을 묵묵히 지켜보던 수빈은 그의 말을 재촉하는 대신, 차분히 화제를 돌린다.

"이 꽃이요. 흰 국화의 꽃말이 뭔지 알아요?"

수빈이 무언가 중요한 말을 숨겨둔 듯한 얼굴로 묻는다.

"글쎄요. 죽음 외에 다른 의미가 더 있나요?"

해국은 자신이 더 이상 '죽음'이라는 명사를 부정하지도 머뭇거리지도 그 앞에서 쩔쩔매지도 않는다는 사실에 흠칫 놀라는 중이다.

"진실과 성실. 그리고⋯ 감사. 하얀 국화의 꽃말이에요. 만약 어머니가 하늘나라에서 해국 씨를 보고 계신다면, 진실하고 성실하게 살아가는 모습에 감사하고 계실 거예요. 어때요? 완벽한 해석이죠?"

비가 한껏 떨어뜨려 놓은 기온을 수빈의 고운 마음씨가 다시 포근하게 끌어올린다. 그녀가 발산하는 온기가 해국에게로 둥그렇게 퍼져 나간다. 비할 데 없이 따스하고 아늑하다. 이 느낌을 달리 어떻게 형용할 수 있을까. 해국의 가슴속으로 촛불 하나가 들어온다. 작은 초 하나 켜진다고 해서 온 세상이 살만해지는 건 아니지만 눈앞의 한 사람은 살릴 수 있다. 얼음장 같던 해국이 수빈이라는 촛불에 스르륵 녹고 있으니까.

"우리, 저기로 가서 앉을까요?"

성당 안으로 들어선 해국은 나직한 목소리로 속삭이고, 뒤따라 걷는 수빈은 말없이 고개만 두 번 끄덕인다. 그 후에 찾아온 침묵. 이곳은 언제나처럼 고요하다. 너무 고요한 나머지 세상과 단절된 듯한 기분을 준다. 높다 못해 거룩한 분위기까지 자아내는 아치형 천장과 신비롭기 그지없는 스테인드글라스 창문들. 그 문틈 사이사이로 새어 들어오는 형형색색의 빛이 무언의 언어처럼 말을 걸어오는 곳. 성 니콜라스 성당. 건축가들은 이 공간을 세계에서 가장 아름다운 바로크 건축물이라 칭송하는데, 그보다 솔깃한 것은 모차르트가 1787년에 연주했던 오르간을 현재까지 소장하고 있다는 사실이다. 모차르트가 세상을 떠났을 때는 이곳에서 추모 미사도 열렸다고 한다. 최근에야 그런 역사적 배경을 알게 된 해국은 그 순간에 모차르트가 아니라 돌아가신 어머니를 떠올렸다. 아들만 넷인 어느 서 씨 집안에서 고명딸로 나고 자란 신애 씨. 스물여섯 꽃다운 나이에 순백의 면사포를 쓸 때까지만 해도 몰랐을 것이다. 그녀 앞에 어떤 생이 놓여 있을지. 삶이란 때로 얼마나 괘씸하고 잔인한지. 감히 짐작조차 못 했을 것이다. 일러도 너무 이른 나이에 남편을 잃었다. 그 후로 그녀는 여섯 살밖에 안 된 어린 아들의 손을 붙잡고 황망한 세상을 걸어야 했다. 사는 동안에도 미망인으로 외로이 살다가 52세라는 아까운 나이에 쓸쓸히 생을 마감한 한 여인. 그 옆에는 물론 해국이 있었지만 목석같은 아들 하나로 채울 수 있는 고독이 아니었음을 해국이 왜 몰랐겠는가. 해국은 가지런히 두 손을 모으고 살며시 두 눈을 감는다. 내밀한 눈으로 염원한다. 부디 그곳에서는 평안하시기를. 어떤 아픔도 없기를.

"이제 갈까요?" 긴 묵념을 마친 해국이 말했다.

침묵은 꼬리가 길다. 두 사람은 성당을 빠져나온 후로도 조용한 상태를 유지하고 있다. 이렇다 할 대화를 나누지 않았으니 정처도 있을 리 없는데 발은 쉬지 않고 어딘가를 향한다. 유럽 특유의 울퉁불퉁한 돌길을 따라 무작정 걷다 보면 유리 공예품이나 기념품, 신진 디자이너의 예술품을 파는 소담한 골목이 나온다. 좁고 오래된 골목을 통과하자 이번에는 탁 트인 도로가 나타났다. 붉은 트램과 갖가지 색을 띠는 승용차들이 길하나를 두고 앞서거니 뒤서거니 한다. 눈에 보이는 모든 것들이 여전히 이질적이긴 해도, 관광이 아니라 생활을 하고 있는 두 사람에게는 딱히 새로울 것도 없는 광경이다.

비가 갠 한낮의 프라하는 부담스러울 정도로 눈이 부시다.

해국은 무심결에 눈살을 찌푸리다가도 행여 수빈이 오해할세라 재빨리 인상을 펴는데, 그걸로는 부족하다 싶었는지 이번에는 어깨를 못살게 군다. 축 늘어져 있던 상체를 반듯하게 세우려고 잔뜩 힘을 주는 몸짓이 부자연스럽기 짝이 없다. 이를 눈치챈 수빈은 보고도 못 본 척 태연하게 넘기려다가 새어 나오는 웃음을 참지 못하고 대화의 물꼬를 튼다.

"왜 아무것도 안 물어요?"

"뭘… 물어야 하는데요?"

"통상적인 질문들요. 가족은 있냐. 학교는 어디를 다녔고, 앞으로는 뭘 해 먹고 살 건지? 음, 그리고 또… 언제까지 여기에 있을 거냐,라든가. 그것도 아니면, 현재 우리는 무슨 사이며 앞으로는 무슨 사이가 될 수 있나, 없나… 예를 들면 그런 거요."

"글쎄요. 그런 게 의미가 있나. 있을까요, 의미가?"

해국은 잠시 말을 멈추고 꽃을 본다. 오늘 수빈에게서 받은 흰 국화 한 다발을 면면히 살피다가 이윽고 할 말이 떠올랐는지 의미심장한 눈빛으로 앙다문 입술을 연다.

"이 꽃의 꽃말이 진실과 성실 그리고 감사,라고 했죠? 나는 말입니다. 우리가 현재 무슨 사이든 아니든, 앞으로 무슨 사이가 될 수 있든 없든, 그런 것보다 중요한 관계의 본질이 진실과 성실 그리고 감사가 아닐까 해요. 함께하는 시간 동안 진실과 성실로 대한다면. 그 마음이 서로에게 닿기만 한다면. 우리가 무엇이 되든 되지 못하든, 그걸로 난…… 충분히 감사할 것 같은데. 수빈 씨는 어때요?"

"내가 어느 날 갑자기 지호 씨처럼 사라져 버려도요?"

애써 담담하던 해국의 표정이 그윽하게 변하고 있다.

"그럴 거예요?"

수빈은 잠깐 멈칫하다가 툭 떨어뜨린 시선 끝에 말을 놓는다.

"그럴지도 모르죠."

"와. 잔인하다."

"아니, 진짜로 그런다는 게 아니라 어디까지나 가정,이잖아요. 내일을 가정해 보면 그렇다고요. 내일의 일은, 내일이 오기 전까지는 누구도 알 수 없는 거니까요. 심지어 우리 자신조차도. 그러니까 내 말은……."

"알아요, 무슨 뜻인지."

입은 웃고 있지만 그의 눈은 옅은 슬픔을 채 걷어내지 못했다. 그럼에도 담담하게 다음 말로 넘어가는 건 성숙한 어른의 태도를 취하기 위해서다. 떼쟁이 아홉 살도 아니고 열아홉 미성년도 아니다. 스물아홉 청년이 된 이해국이라는 남자는 과하지 않은 솔직함과 적당한 재치의 효용성, 무엇보다 유연함의 가치를 잘 알고 있다.

"각자의 사정과 이유가 있다는 걸 왜 모르겠어요. 그래도 수빈 씨가 떠난다면 힘들겠죠, 당연히. 머리로 이해한다고 해서 마음까지 괜찮아지는 건 아닐 테니까요. 그렇지만. 그렇다고 해서 미워하거나 우리가 만났던 시간들을 외면하진 않을 겁니다. 관계가 끝났다고 해서 우리가 우리였던 시간까지 없던 게 되는 건 아니잖아요."

해국은 최대한 자신의 마음과 비슷한 어휘를 모색하려 노력했는데 상대도 그렇게 받아들였을지, 거기까지는 화자의 영역이 아니라서 확인할 도리가 없다. 다만 한 가지 기대하는 바는 언어가 담지 못하는 마음은, 마음 대 마음으로 어떻게든 끝끝내 전달되리라는 것. 그런 바람으로 그녀의 손을 잡는다. 가녀린 수빈의 손이 해국의 큼지막한 손바닥에 포옥 들어와 감싸이고, 부드러운 살결의 감촉이 둥둥 떠 있는 상념을 말끔히 걷어낸다. 내일의 걱정은 내일 하도록 내버려두고 당장은 아직 가지 않은 오늘에 집중하라고. 오늘의 우리가 해야 할 일은 눈앞에 있는 서로에게 충실하는 것뿐이라고. 마침내 맞잡은 두 손을 소중히 바라보는 거라고 말이다. 손은 힘주어 꽉 움켜쥐면 이내 불편해지고 편하자고 느슨하게 두면 스르륵 놓치게 된다. 한 사람이 다른 한 사람의 손을 잡는다는 건 그런 것. 손을 내밀 용기는 물론이거니와 그보다 더 큰 주의와 배려가 필요한 일이니까.

# 9. 별을 쫓는 마음

소란스런 거리를 둘이서 걷는다.

옆에서 본 누나의 얼굴은 여전히 앳되다. 실핏줄이 드러날 정도로 맑은 피부에 허리까지 내려오는 긴 생머리. 오른쪽 귓바퀴에 가려진 까만 점 하나. 잇몸이 훤히 드러날 때까지 까르르 숨넘어가게 웃는 버릇까지 틀림없는 누나의 것이다. 지호는 맞잡은 손을 놓칠세라 꿈에서도 바들바들한다.

'안 돼! 꽉 붙잡아. 놓치면 안 된다고!! 같이 가~ 같이…….'

그렇게 안간힘을 썼는데도 결국 또 놓쳐버린 손. 지호는 움켜쥔 주먹으로 가슴을 친다. 꿈인 걸 알지만 쉽게 단념할 수가 없다. 꿈에서라도. 한 번만이라도. 완벽히 붙잡고 싶었는데 이번에도 도리 없이 놓치고 말았다. 여기는 어디일까. 지호는 아직 꿈속에 있다. 어디선가 몰려든 인파에 꼼짝없이 발이 묶인 나머지, 저만치 멀어져 가는 한 소녀의 뒷모습을 그렁한 눈으로 애타게 쫓다가 그 자리에서 털썩 주저앉는다. 주저앉는 동시에 서럽게 운다. 엉엉 소리를 내며 목 놓아 울부짖는다.

잠에서 깨어나 보니 베개 천이 축축이 젖어 있다. 익숙한 현상이다. 한동안 뜸하다 했던 꿈이 다시 나타난 것이다. 아직 채 마르지 않은 눈가의 눈물을 맨손으로 훔치며 남은 잠을 몰아내는 지호. 도도록하게 부은 눈두덩이를 손바닥으로 꾸욱 꾹 눌러 덮으며 의식의 꽁무니를 쫓다 보니 간신히 빠져나온 꿈이 부지불식간에 되살아난다. 무의식중에 일어난 시각적 심상들은 도무지 꿈이라고는 믿을 수 없을 만큼 생생해서 온몸에 소름이 돋는다. 지호는 오소소한 감촉이 어느 정도 사라질 때까지 침대 위에서 잠자코 기다릴 참이다.

그렇게 또 얼마간 시간이 흐르고 정신은 차츰 돌아오는데 창밖은 어스름하게 해가 기운다. 침대의 헤드보드 위에 올려둔 네모반듯한 소형 디지털시계 속에는 '20:37'이라는 숫자가 가지런히 떠 있다. 이즈음 파리의 일몰은 등장이 좀 늦되다. 지호는 밤 아홉 시가 다 되어서야 뉘엿거리는 해를 물끄러미 보다가 가까스로 찌뿌둥한 몸을 일으킨다.

"온몸이 뻐근하네. 잠을 어떻게 잔 건지. 휴푸푸~ 물세례가 시급하다, 시급해."

낮에 외출하고 돌아와 잠깐 눈 좀 붙이자, 하고 누웠던 것인데 그대로 네 시간이나 자 버렸다. 사실상 방전되었던 것. 덕분

에 하루의 리듬은 예상치 못한 엇박으로 흘러가고 있지만 지호
는 이 또한 나쁘지 않다고 생각한다. 파리에 온 뒤로 잠다운 잠
을 자본 적이 있었던가. 꽤 오랜만에 가져보는 개운한 기분이
마치, 아침은 아니지만 꼭 아침을 만난 것처럼 가볍다. 그 꿈만
아니었다면. 그래, 그 꿈이 아니었다면. 조금 더 깊이 잠들 수도
있었겠지만 그 또한 지호의 의지대로 되는 것이 아니니, 인력
으로 되지 않는 일에 대한 미련의 부스러기는 입었던 옷가지들
과 함께 빨래 바구니 속으로 휙 하니 던져놓는다. 그대로 욕실
로 직진. 샤워기 레버를 올려 쏟아지는 미온수에 몸을 맡긴다.
샤아아. 슈아아. 지호가 서 있는 한 평 남짓한 공간에 시원한
물소리만이 그득히 차오른다. 그래서 몰랐다. 밖에서 무슨 일
이 일어나고 있는지. 지금의 지호로서는 도통 알 길이 없기에.

쿵. 쿵쿵.

누군가 문을 두드린다. 크림색 플랫슈즈에 연한 청바지. 그
위에는 올리브색 홀터넥 여름니트를 매치한 맵시 좋은 뒤태의
여성이 지호의 집 문밖에 서 있다. 26인치 여행용 트렁크와 함
께.

"여기가 아닌가. 크흠. 이상하네……."

몇 번이나 문을 두드려 봐도 안에서는 아무런 기척이 없다.

풀 죽은 얼굴이 된 여자는 말 없는 철문에 등을 기대고 쪼그려 앉는다. 고개를 치켜들고 멍하게 한 곳을 응시하다가 애꿎은 머리칼을 헝클더니 두 무릎 사이로 얼굴을 묻는다. 그대로 몸을 동그랗게 말아서 양팔로 포옥 끌어안고 이리저리 흔들다가 그새 마음을 바꿔 먹었는지 자리를 박차고 일어선다. 한 뼘가량 솟아 있는 캐리어 손잡이를 잡아채듯 붙들고는 왔던 길로 대차게 걸어 나가는데, 몇 발짝 떼지 못하고 멈칫한다. 다시 휙 몸을 돌려 문 앞으로 돌아오더니 후우웁-하, 길게 심호흡을 하고 한 번 더 쿵쿵.

"키 엣 부(Qui etes-vous)?"

- 누구세요?

벌컥 문이 열렸다. 젖은 수건을 어깨에 두른 말쑥한 얼굴의 지호가 마침내 문밖의 그녀를 발견하고야 만다.

"백단비? 네가, 네가 왜 여기에……."

지호는 그 자리에서 몸이 굳었지만 단비는 이제야 표정이 풀린다.

"와아… 유지호다! 뭐야, 살아있었네?"


인간에게는 무수한 능력이 있다. 어떤 능력은 태어날 때부터

드러나지만 어떤 능력은 가지고 있는지조차 알 수 없게 잠재돼 있기도 하다. 그렇다면 '직감'은 어느 쪽에 속할까. 특정한 상황이나 현상을 직면했을 때에 별다른 설명이나 수반된 증명 없이도 진상을 곧바로 느껴 알아차리는 감각. 지호는 그런 직감의 탁월함을 믿는다. 그러지 않고서야 도저히, 단비를 보는 순간 온몸에 차오르는 이 기이한 감정을 이해할 길이 없기 때문이다.

"유지호, 못 본 사이에 인심이 더 야박해졌네."

단비가 입을 쌜쭉 내밀며 말한다.

"무슨 말이야?"

지호는 행간의 의미를 읽어내지 못하고 반문한다.

"답답이. 아니, 그러니까 내 말은. 계속 이렇게 세워 둘 거냔 말이지."

사람의 감정. 그러니까 감정의 변화는 안에서 일어나는 것이지만 그 변화를 일으키는 요인은 대체로 밖에 있다. 그리고 그녀도 밖에 있다. 샤워를 마친 지호가 젖은 머리를 닦으며 현관을 돌아보았을 때. 밖에서 들려오는 인기척을 알아채고 문고리를 시계 방향으로 돌렸을 때. 그때까지만 해도 지호는 동요하지 않았다. 그의 일상을 뒤흔들 만한 요소는 파리 시내 어디에서도 감지되지 않았으니까. 하지만 그건 어디까지나 단비가 등 장하기 전의 일이고, 앞으로는 기존의 흐름과 다르게 진행될 수밖에 없다는 걸 지호는 순간적으로 직감하고 있다.

"아, 내 정신. 잠깐만 기다려. 얼른 옷 갈아입고 나올게."

색 바랜 민소매 티셔츠에 허벅지가 훤히 드러난 밴딩 반바 지 차림을 한 지호가, 자신이 방금 빠져나온 곳을 가리키며 재 빨리 몸을 튼다.

"잠깐만. 뭘 하겠다고?"

단비는 귀를 의심한다.

"왜? 뭐가 또 잘못됐어?"

이상 기류를 느낀 지호는 하려던 동작을 멈추고 단비의 대 답을 기다린다.

"꼭 그렇다기보다… 어 그래, 치안! 파리 치안 장난 없다고 들었는데 이 시간에 갈 데가 있을까 해서 하는 말이지. 그냥, 그렇다고."

난감한 표정이 된 단비는 말끝을 흐리는데,

"푸-흡."

여과 없이 터져 나온 지호의 찐 반응.

"뭐야, 뿜은 거야?"

단비가 미간을 사정없이 일그러뜨리며 말한다.

"크윽. 크크크크."

핀잔을 들을수록 더 크게 박장대소를 하는 지호에게,

"왜 웃냐고!!"

심통 난 얼굴로 다그치는 단비.

"몰라서 묻냐. 치안 무서운 줄 아시는 분이 어? 겁도 없이 여길 오신 거지? 그것도 혼자서 말이야. 어후~ 진짜 백단비! 넌 도대체가……."

이제야 좀 호흡기가 진정됐는지, 지호는 속에 있는 말들을 가감 없이 쏟아내는데,

"그럼 어떡하냐. 갑자기 말도 없이 사라지고! 연락도 안 되고! 다른 방법이 없잖아, 다른 방법이~"

단비의 성난 진심이 지호의 남은 웃음기를 싹 걷어낸다. 이 대목에서만큼은 지호도 우회로를 찾지 못하고 우물쭈물한다. 그러는 사이에 바닥에서 들려오는 철퍼덕 소리.

"에이, 진짜. 서 있을 힘도 없구만."

요란한 기지로 차가운 시멘트 위에 털썩 주저앉은 단비가 이번에는 세상이 꺼져라 한숨을 쉬어댄다. 그 모습을 내려다보는 지호의 눈빛이 사뭇 복잡하다.

"너, 뭐야~ 빚쟁이야? 흠. 알았으니까 시위 그만하고 일어나지?"

지호가 체념하듯 말한다.

"일어…나면?"

단비가 한풀 꺾인 목소리로 새침하게 물어오자,

"동네 시끄럽게 이러지 말고 일단 들어가자고." 하는 지호.

상황은 일단락되었지만 밤은 아직 끝나지 않았다. 파리에서 보낸 숱한 밤들 중에 이렇게나 당황스러운 밤은 처음이라고, 지호는 생각한다. 갑작스럽고 터무니없어서 황당하기 짝이 없는 그런 밤. 그 한가운데에는 요주의 인물인 백단비가 있다. 못 이기는 척 자리를 박차고 일어난 그녀는 먼지투성이가 된 엉덩이를 툭툭 털어내다가 지호의 손에 들린 자신의 짐을 뒤늦게 발견하고는 입꼬리를 올린다.

"엇! 별이다!!"

아파트 복도 난간 틈으로 보이는 밤하늘을 슬쩍 올려다보던 단비가 소리친다.

"너 시력 안 좋지?"

지호는 그럴 리가 없다는 듯 시들하게 대거리를 한다.

"쯧. 역시 유지호. 내 예상이 맞았어."

단비가 혀를 차며 말한다.

"맞긴 뭐가 맞아? 나에 대해서 뭘 어떻게 넘겨짚고 있는지 모르겠는데, 틀렸어."

지호의 입에서 담백하다 못해 건조한 언어들이 떨어진다.

"오~ 이거 봐. 꼬였네, 꼬였어. 희미하다고. 잘 보이지 않는다고. 없는 건 아니거든?! 아, 몰라. 별은 됐고! 나 배고파서 진짜 별 보일 지경이야. 저녁 뭐 먹여줄 거야?"

고개를 숙여 문고리를 돌리고 있는 지호. 그의 머릿밑으로 불쑥 들어온 단비가 대답을 재촉한다. 별을 박은 듯 반짝이는 눈으로.

"아우, 깜짝이야. 경고야, 너!"


뭐가 어떻게 돌아가고 있는 건지, 지호는 정신이 하나도 없다. 그렇지만 일은 이미 벌어졌고 무엇을 깊이 자각하고 판단할 새도 없이 행동이 사고를 앞지른다. 아마도 그래서. 지호는 모처럼 실감하고 있는지 모른다. 살아있는 것처럼 살아있다는 감각을 그녀가 안겨주었다. 물론 겉으로는 최대한 심드렁한 척하고 있으니 단비에게 들킬 염려는 없다. 설령 들킨다 하더라도 단비라면 "저런. 애쓴다!"하고 넘길 일이지만 그런 볼품없는 상황은 되도록 피하고 싶으니까 당장은 표정을 단속하는 게 최선이다. 아무튼 여러모로 애쓰고 있는 지호는 단비가 흘리듯 꺼낸 말 한마디에도 이런저런 의미를 부여해 본다.

"희미하다고. 잘 보이지 않는다고. 없는 건 아니거든?"

그녀의 말처럼 도시의 별빛은 희미하지만 단지 어둠에 가리워져 있을 뿐 사라진 건 아니라고. 흐릿하고 아득해도 별은 별이라고. 그러니 우리는 여태 해온 대로 각자의 별을 쫓으며 살면 되는 거라고 말이다. 별. 사람은 누구나 가슴속에 반짝이는 별 하나를 품고 산다. 지호와 단비도 그렇다. 서로가 쫓고 있는 별이 무엇인지. 지호는 왜 파리로 떠나왔으며 단비는 왜 그런 지호를 찾아왔는지. 아직은 어떤 것도 명쾌하지 않다. 하지만 밤이 더 깊어지고 서서히 구름이 걷히면 보여야 할 별들은 어김없이 존재를 드러낼 것이다. 그때가 오면, 기다린 시간이 아깝지 않을 만큼 밝고 영롱하게 빛나겠지. 반드시. 단연코 탁월하게.

오늘 밤, 지호와 단비는 나란히 하나의 문을 통과하고 있다.

# 10. 키친테이블 토크

지호의 아파트는 쿠르브부아(Courbevoie)에 있다. 파리에서 약 8.2km 떨어져 있는 이 도시는 이웃에 있는 퓌토, 뇌이쉬르센과 함께 라데팡스를 이룬다. La Défense를 다른 말로 하면 '파리의 부도심' 정도로 풀이되는데 지호가 이곳을 택한 이유는 명료하다. 파리에서 멀리 벗어나지 않으면서도 일상의 소음은 줄일 수 있는 곳이라야 했으니까. 거기에 몇 가지 더 보탤수 있다면, 합리적인 주거비에 그럼에도 공간은 너무 비좁지 않길 바랐다. 바란다고 다 가질 수 있는 건 아니겠지만 발품을 판 보람은 있었다. 과정이 수고스럽긴 했어도 결과적으로 쿠르브부아를 만났으니까. 다소 까다로운 지호의 조건을 충족하기에 쿠르브부아만 한 선택지는 없었다.

"쿠르. 브부. 아…. 쿠르브~~부아~~"

단비가 하나의 고유명사를 다양한 방식으로 끊어서 발음하고 있다.

"어헛. 저기요, 거기 외부인! 신성한 식탁 위에서 뭐하심?"

부엌에서 냉장고 주위를 서성이던 지호는 하던 일을 멈추고 단비를 부른다.

"뭐, 외부인? 와, 킹받네, 유지호."

방금까지 식탁 앞에 구부정히 앉아 있던 단비는 보란 듯이 허리를 곧추세우며 지호를 향해 눈을 흘긴다.

"이보세요, 진짜 킹받는 건 나라고요. 아닌 밤중에 홍두깨처럼 들이닥치질 않나. 아니 그보다, 아까부터 그 유지호 소리, 계속 거슬려, 너!"

지호도 지지 않겠다는 듯 자분자분 할 말을 쏟아낸다.

"피~ 유지호를 그럼 유지호라 그러지. 뭐라 그런담."

한풀 꺾인 단비의 목소리가 식탁 위를 낮게 맴돈다.

"너는 스물다섯. 나는 스물일곱. 그래도 계산이 안 돼?"

지호가, 자신의 키만 한 냉장고에서 알록달록한 채소 한 움큼과 하얀 달걀 세 알, 포장 용기에 bio 표기가 붙은 분홍색 베이컨과 아시안마켓에서 공수한 유부, 구멍이 숭숭 뚫린 에멘탈 치즈를 주섬주섬 꺼내며 묻는다.

"애걔걔. 스물일곱 유지호 씨. MZ 맞아? 하고 다니는 건 고딩인데 사상은 영감님처럼 고루하다니까."

단비가 눈썹을 올렸다 내렸다 하면서 얄미운 표정으로 반격

한다.

"큭. 뭐라고? 고딩에 영감님? 이 몸을 괴롭히고 싶어서 그동안 어떻게 참았냐, 백단비?"

지호가 웃는다. 웃으며 말한다. 얄밉도록 해사한 얼굴로 다정하게 물어온다. 그동안 어떻게 참았냐고. 이러고 싶어서 어떻게 참았냐고. 이름도 불러주었다. 백단비. 늘 부르던 톤으로 그렇게. 백단비. 백단비… 그의 입에서 흘러나온 그 말들을 듣는데, 별안간 단비의 심장이 쿵-하고 떨어진다. 세상 무해한 눈빛과 친밀한 목소리. 장난스럽지만 어딘가 모르게 살가운 화법까지 너무 다 그대로여서. 정말 다 유지호여서. 하마터면 단비는 그 자리에서 왈칵 울어버릴 뻔했다.

"어떻게 참았냐고? 그래서 왔잖아, 더는 못 참겠어서."

단비는 속삭이듯 말했고, 지호는 듣지 못했다.

"응? 방금 뭐라고 그랬어?"

"아냐, 아무것도. 와~ 쓰러지겠다. 아직 멀었어?"

"어, 다 됐어. 그릇에 담기만 하면 돼."

"그럼 나 손 좀 씻고 올게."

"그럴래? 그럼 일어난 김에 거실 창 좀 열어주라. 이 집은 다 좋은데 요리할 때 주방에 창이 없는 게 흠이거든."

지호의 요청이 있기 전부터 단비의 몸은 이미 움직이고 있었다. 열세 평 남짓한 소형 아파트를 소꿉놀이하듯 세분해 놓은 파리의 건축가는 어떤 분위기를 지닌 사람이었을까, 하고 상상하면서 사뿐사뿐 걸음을 옮긴다. 미니멀한 침실과 거실. 딱 필요한 것들로만 꾸며진 욕실과 지호가 서 있는 아늑한 주방을 동선 따라 한 바퀴 빙 둘러 눈으로 훑다가, 다시 원점으로 돌아와 거실 창 앞으로 바짝 다가선다. 지문 하나 묻어있지 않은 맑고 단단한 유리에는 공룡 이빨처럼 생긴 희고 매끈한 손잡이가 달려있다. 끝이 아래로 쭉 뻗은 그것을 90도 위로 회까닥 젖혀서 단비의 몸쪽으로 힘껏 잡아당긴다. 그러자 문짝만 한 창호의 윗부분이 사선으로 떨어지면서 V자로 입을 쩍 벌린다. 그 순간 터져 나온 "후웁. 하~ 살 것 같아."하는 단비의 탄성. 어떤 말로도 대체할 수 없는 기분이 혈관을 타고 흐르는 밤이다. 이 밤, 열린 문틈 사이로 파리가 불어온다. 파리. 유지호. 재회. 밤. 지호의 집…… 그를 다시 만난 오늘, 이 도시의 밤공기가 단비의 가슴을 뚫고 날아든다. 휘이 휘이 날아와 슬며시 휘감는다.

"얼른 와, 식기 전에 먹자."

식탁 위에 접시를 내려놓은 지호가 욕실에서 나온 단비를 향해 손짓한다.

"응, 알았어."

대답은 했지만 단비의 발은 쉽게 떨어지지 않는다. 이 모든 상황이 느닷없이 낯설어져서 단비는 자꾸만 확인하고 싶다. 저기 저렇게 서서 나를 기다리는 사람이 몇 달 전, 말도 없이 사라진 그 유지호가 맞는지. 혹시 지금도 헛것을 보고 있는 건 아닌지.

"왜 그러고 섰어?"

지호가 의아한 얼굴로 물어온다.

"그냥. 신기해서."

단비가 알 수 없는 말을 건네며 천천히 다가간다.

"싱겁긴. 밥 두 번 해줬다간 아주 기절하겠다?"

지호가 먼저 자리에 앉으며 말한다.

"칫. 누굴 먹보로 아나. 그런 거 아니거든."

어느샌가 다가와 식탁 의자를 빼는 단비 앞에, 지호가 수저를 가지런히 놓아준다.

"알았으니까 드세요. 배 많이 고프다며. 오므라이스 했는데 괜찮지?"

음식은 나무랄 데가 없었다. 먹어보지 않아도 예상할 수 있는 맛이었지만 뻔한 요리도 뻔하지 않게 하는 유지호니까. 오므라이스에 곁들인 루꼴라 샐러드에는 무슨 드레싱을 썼는지 한입 넣을 때마다 초록의 향미가 입안 그득하게 퍼졌고, 유부를 넣고 끓인 장국도 보기엔 별것 없어 보이는데 뒷맛이 달짝지근한 게 감칠맛이 돌았다.

"요리는 언제 배웠어?"

마지막 한입까지 깨끗하게 비운 단비가 숟가락을 내려놓으며 묻는다.

"내가 누구냐. 나 마민카식당 고문인 거 잊었어? 국이 형한테 어깨너머로 배운 게 얼만데."

지호는 서슴없이 농담을 뱉다가 아차, 하는 얼굴로 쓴웃음을 짓는다.

"아~ 배부르다. 후식은 뭐 줄 거야?"

단비도 식어가는 지호의 표정을 읽었지만 애써 모른 체 넘긴다. 지호가 엉겁결에 해국을 언급했을 때, 꼬투리를 잡아서 냅다 따져 물을 수도 있었다. 그러게 왜 말도 없이 사라졌냐고. 해국 사장님도 수빈 언니도 모두들 얼마나 걱정하고 있는지 알긴 아느냐고. 지난 일들을 낱낱으로 들춰가며 추궁할 수도 있었지만 단비는 그러지 않았다. 아마 앞으로도 그러지는 못할 것 같다. 막상 눈앞에서 복잡하게 굳어가는 그의 얼굴을 보니

머리가 하얘진다. 그간 파도처럼 요동치던 미움과 원망, 상실과 설움의 앙금들이 빠르게 동력을 잃고 있다.

"야, 너 여기를 무슨 식당으로 착각하고 온 건 아니지?"

"오! 그거 좋다! 영화 찍어보고 안 되겠다 싶으면 여기서 홈키친 오픈하는 건 어때?"

"아주 안되라고 고사를 지내지 그러세요."

"크. 크크. 그 정도로 맛있었다고요~ 잘 먹었습니다, 유 감독님."

"얘가 아주 사람을 들었다놨다. 근데 너 숙소는 어디야? 저 짐은 다 뭐고? 체크인은 아직인 거야?"

"했잖아, 체크인! 이미 두 시간 전에 한 것 같은데~ 나, 짐 어디다 풀면 돼?"


오늘 지호는 한 마디로 발가벗겨진 기분이다. 발가벗겨졌다는 표현이 설핏 과할 수도 있지만, 사실이 그렇다. 누구에게나 그렇듯 지호에게도 집은 아주 사적인 내밀한 장소일 수밖에 없다. 그런 곳을 아무런 준비도 없이 단비에게 내보였으니 맨몸을 보여준 것만큼이나, 어쩌면 그보다 더 낯 뜨거운 경험이었을지 모른다. 일단 전체적으로는 그러한데, 그렇다고 마냥 불쾌했느냐 하면 그건 또 아니다. 지호를 찾아온 단비의 마음이 단순하지 않은 것처럼 그녀를 마주한 지호도 하나의 결은 아니라는 것. 오늘의 해프닝으로 지호가 대면한 감정은 우선 여기까지다.

"자?"

본의 아니게 지호의 침대를 독차지 한 단비가 짧은 물음으로 어둠을 밀어낸다.

"아니."

거실 바닥에 이부자리를 펴고 누운 지호가 보이지도 않는 천장에 대고 답을 건넨다.

"오늘 진짜 이상한 날이다."

단비가 오늘의 소회를 한 문장에 담았다.

"어째서?"

지호도 비슷한 기분을 느꼈지만 구태여 물음표를 던지는 건 단비의 다음 말이 듣고 싶어서다.

"음. 말하자면 조금 긴데."

단비가 뜸을 들인다.

"너도 나도. 어차피 일찍 자긴 틀린 것 같으니까 무슨 말이든 해 봐. 어디 얼마나 이상한지 들어나 보게."

어딘가 부자연스러운 모양새로 꼼짝없이 누워있던 지호가 부스럭거리며 뒤척이는 소리를 낸다. 베개 대신 받치고 있던 쿠션을 옆으로 치우더니, 팔 하나로 머리를 괴며 최대한 편한 자세를 찾고 있다.

"어째서 이상하냐면 말이지……. 뭐, 그렇잖아. 겨울 프라하에서 만난 우리가 지금은 파리의 봄에 들어와 있다는 게 아무래도 이상하지 않아?"

단비는 만감이 교차하는 기분을 느끼며 목소리에 힘을 준다.

"난 또."

지호가 추임새를 넣듯 가볍게 받는다.

"에? 반응이 별로네. 그럼… 이 얘기는 어때? 음, 내가 말야. 몇 달 전에 어떤 사람을 만났거든? 처음은 우연이었던 것 같아. 우연히 식당에서 한 번. 우연히 거리에서 또 한 번. 그렇게 한 번, 두 번 마주치다 보니까 세 번, 네 번도 보게 되더라고."

단비가 어려운 얘기를 꺼냈다. 지호는 숨을 죽이고 어떤 기척도 없이 가만히, 그저 가만히 귀를 기울이고만 있다. 왜인지 꼭 그래야만 할 것 같아서.

"그러다 보니까 어느새 친해진 거야. 같이 밥도 먹고 차도 마시고 시답지 않은 장난도 쳤지. 늘 들어주고 항상 웃어줬기 때문에 마음을 놓고 있었던 것 같아. 그렇게 계속 볼 수 있을 거라고. 그런데 여기서 반전! 겨울이 끝나가던 어느 날, 돌연 그 사람이 사라진 거지. 어때? 이상하지? 흐음. 진짜야! 쌓인 눈이 녹듯이 스르륵… 흔적도 없이 스르륵. 더 대박인 건 뭔 줄 알아? 그 사람이 하루아침에 없어졌는데도 별로 밉지가 않은 거야. 왜냐하면… 왜냐면 우린 아무런 사이도 아니거든. 굳이 관계의 이름을 찾자면 친구? 그런데 뭐. 해외에서 오다가다 만난 사람들끼리 친구 하는 거. 그게 어떤 의민지 모르는 것도 아니니까. 친구. 그것도 좀 억지인 것 같고. 그래서 안 오려고 했거든? 정말이지 안 올 생각이었는데 정신을 차리고 보니까 파리행 비행기 안이더라고. 그렇게 공항. 그렇게 여기. 거 봐. 오늘 진짜 이상한 날 맞지?"

장황한 고백이 끝났다. 어색함을 피하려 단비는 애써 더 태연한 척을 한다. 그런 그녀에게 어떤 말을 해줘야 할지 몰라서 지호는 난색을 표하는데,

"저기, 음. 단비야."

"왜 그렇게 불러? 하던 대로 해, 그냥."

"미안. 미안해. 그리고 사과할 수 있는 기회를 줘서 고맙다."

"진짜 미안한 거 맞아? 음… 그럼 말이지. 나 여기서 한 달만

있게 해주라."

"야, 뭐?!! 잠깐만."

지호가 이불을 발로 차고 일어나 거실등 스위치를 켰다.

"아, 눈부셔! 뭐야 갑자기!"

단비가 이불을 머리 위까지 뒤집어쓰며 소리친다.

"너야말로 갑자기 무슨 소리야. 한 달이라니!"

방금까지 미안함에 몸 둘 바를 모르던 지호였는데, 대책 없는 단비의 발언이 온몸에 낙수처럼 떨어지는 통에 지호는 자신도 모르게 언성을 높이고 말았다.

"워워~ 한 달 금방이다, 뭐! 성가시게 안 할 테니까 쫄지 마시고요. 으하암~ 나 갑자기 너무 졸려. 그러니까 자세한 얘긴 내일 합시다, 유지호 씨?! 잘자. 굿 나잇."

단비는 벽을 보고 돌아누웠다. 그녀는 무슨 생각으로 온 걸까. 앞으로 뭘 어쩌려고 저러는 걸까. 지호는 아직 할 말이 태산이지만 시간은 벌써 자정을 지나 새벽 한 시에 가까워져 간다. 하는 수없이 다시 불을 끄고 자리로 돌아가 몸을 누이는 지호. 눕긴 누웠는데 머릿속이 하도 시끄러워서 정신은 아직 누일 수가 없다. 이럴 때일수록, 정신일도하사불성(精神一到何事不成). 정신을 한 곳에 집중하면 어떤 일이든 다 이룰 수 있다는 옛 성어에 어지러운 마음을 기대어 본다. 정신일도하사불성의 정신에 입각해 정리를 해보면. 먼저, 단비의 말처럼 둘은 아무 사이도 아니다. 대전제는 그러한데, 어쩌다 보니 상황이 좀 꼬였다. 아무 사이도 아닌 두 남녀가 한 식탁에서 오붓하게 저녁밥을 먹었고, 그간에 밀린 대화를 주고받느라 식사 시간은 세 시간이나 걸렸다. 여기까지는 얼떨결이었다 손 치더라도 지금은 또 어떠한가. 여전히 아무 사이도 아니지만 한 지붕 아래에서 함께 밤을 보내고 있다. 단비가 아무리 막무가내로 밀고 들어와도 지호가 완강한 태도로 밀어냈다면 상황은 달라졌을 것이다. 타이르며 설득을 하든. 단호히 으름장을 놓든. 방법은 여러 가지가 있으니까. 하지만 지호는 단비를 돌려보내지 않았다. 사정이 어찌 되었든 결과가 이렇다는 건 부정할 수가 없다. 이제와 지호가 할 수 있는 건 컴컴한 천장을 멀뚱히 바라보는 것뿐이다. 끔뻑끔뻑 지그시. 그러자, 밤안개처럼 부옇게 피어오른 기시감이 지호의 속을 이리저리 헤집는다. 그러거나 말거나 애꿎은 밤은 너무도 고요하고, 그 사이 단비는 소록소록 잠이 들었는데… 쉽게 잠들지 못하는 지호는 깊은 한숨 끝에 눈만 떴다 감았다 한다. 아닌 게 아니라 정말로 오늘은, 이상한 날이 맞는 것 같다고 되뇌면서.

# 11. 모월모일의 영업일지

담쟁이덩굴의 짙은 생명력이 옅은 하늘색이었던 건물의 외벽을 감쪽같이 덧칠해 버렸다. 줄기마다 매달린 잎사귀들이 바람에 펄럭일 때는 살갗에 붙은 털들의 군무처럼 곱게 일렁인다. "초록을 입은 건물은 마치 살아있는 생물 같아요."라고, 수빈이 말했었다. 그날 그녀는 하얀 원피스에 커스터드색 스니커즈를 신고 테라스 주변을 거닐면서 그토록 싱그러운 감탄사를 들려주었다. 생동력 넘치는 봄의 마민카,라니. 식당을 찾는 손님들도 그렇게 생각해 주면 좋겠다고, 해국은 내심 기대하고 있다.

"도브리 덴(Dobrý deň)"

– 안녕하세요~

식당 안으로 들어선 손님 옆에는 도베르만 핀셔 한 마리가 늠름하게 서 있다. 대형견의 호위를 받으며 입장한 현지인은 짧은 머리의 젊은 남성으로 보이는데, 견주의 손에는 서너 번은 족히 돌려 감은 듯한 목줄이 뭉치로 들려 있다. 음식점에 있

는 다른 손님들에게 피해가 가지 않도록 줄을 팽팽하게 말아
쥔 탓에 용맹한 대형견이 강아지처럼 온순해졌다.

"앉을 자리가 있나요?"

손님이 물었다.

"네, 그럼요. 빈자리 중에 편하신 곳에 가서 앉으시면 되고
요. 테라스에도 자리는 있습니다."

나준이 유창한 체코어를 구사하며 손님을 맞는다.

"일행이 있으니 테라스가 좋겠네요."

손님이 반려견을 내려다보며 말했다.

"네, 그렇게 하시죠. 앉아 계시면 이 친구 물그릇도 같이 준
비해 드릴게요."

때마침 주방을 빠져나온 해국은 눈앞의 광경을 흐뭇하게 지
켜본다. '고 녀석, 귀가 참 잘생겼네~'하고, 도베르만 핀셔의 자
태를 속으로 감탄하면서 카운터로 걸음을 옮긴다. 처음 이 자
리에 섰을 때에는 흰 눈이 소복한 겨울이었는데 오늘은 봄의
절정에 와 있다. 그러고 보니, 체코에서 식당을 운영한 지도 어
느새 반년이 넘었다. 지금껏 마민카식당을 다녀간 손님들은 모
두 몇 명일까. 반려견 손님들만 줄 세워도 어림잡아 500여 마
리는 되지 않을까. 그 이상일지도 모른다. 만약 해국이 동물을

좋아하지 않는 사람이었다면 오늘날의 마민카식당은 없었을 것이다. 식당 뿐 아니라 카페나 펍, 빵집도 마찬가지다. 유럽에서 자영업을 하려면 반려견 동반 출입 문화에 거부감이 없어야 한다. 유럽인들은 어디든 반려견을 대동한다. 쇼핑몰에도 데려가고 기차역이나 공항에 갈 때에도 함께하는 데에 스스럼이 없다. 개와 함께하는 생활은 그 시작을 알기 어려울 만큼 아주 긴 시간 동안 뿌리 깊게 자리해 왔기에 이방인들도 유러피안과 어울려 살아가려면 불가피하게 받아들여야 하는 부분이다. 그런 점에서 나준은 마민카식당에 최적화된 직원이다. 동물 애호가이면서 체코어는 현지인처럼 구사하고, 영어도 곧잘 하는데 본 캐는 한국인이라니. 오너(owner)인 해국의 입장에서는 복이 넝쿨째 굴러들어 온 기분이랄까.

"나준아, 넌 유럽 체질인 것 같다. 그런 소리 자주 듣지?"

해국이 먼저 대화의 물꼬를 튼다, 말 속에 은근한 칭찬을 담아서.

"예, 뭐."

그러나 나준은 미온적인 반응을 보인다.

"너도 내가 아는 동생처럼 부모님 따라 어릴 때 온 건가?"

해국은 나준의 태도가 평소 같지 않다는 걸 느꼈지만 이미 시작한 대화를 멈출 수가 없어서 한 번 더 물음표를 던진다.

"어릴 때 온 건 맞는데요. 전… 혼자 왔어요. 아, 물론 너무 어릴 때라 누군가 어른의 도움이 있긴 했겠지만, 누구도 가족은 아니었으니까요. 아무래도 혼자 온 거나 다름없는 거죠."

나준은 '혼자'라는 말에 강세를 주며 담담하게 해국과 눈을 맞춘다.

"혼자 왔다니?"

보통의 대화는 물음표로 시작해 마침표나 느낌표로 끝나게 마련인데, 오늘은 의도치 않게 물음표가 꼬리에 꼬리를 무는 형태로 흘러가고 있다. 해국도 이런 식의 질문 세례를 퍼붓는 자신이 스스로도 마뜩잖지만 공은 이미 나준에게로 넘어갔다.

"저 입양 됐거든요."


일터의 고용주는 직원의 신상을 어디까지 파악하고 있어야 하는 걸까. 초보 사장인 해국은 이런 쪽으로는 아직 데이터가 턱없이 부족하다. 일평생 밥장사를 하신 어머니 슬하에서 식당 밥 먹고 자랐다 해도, 옆에서 보는 것과 직접 해보는 것은 1과 100의 차이임을 여실히 깨닫는다.

어머니를 떠나보낸 그해에 첫 직업이었던 9급 공무원의 자리도 다른 이에게 보내주었다. 그 길로 해국은 비행기에 몸을 실었다. 초기 몇 년은 프라하에 있는 로컬 레스토랑을 전전하며 남의 밑에서 직원으로 일했다. 언어도 잘 통하지 않는 나라에서 눈칫밥 먹으며 일하는 것도 쉬운 일은 아니었으나, 부분을 맡던 담당자에서 전체를 아우르는 책임자가 되는 것도 결코 만만한 일은 아니었다. 해국은 아직도 사장님이니 고용주니 하는 말들을 들을 때마다 몸에 두드러기가 돋는 것처럼 간지럽다. 습관이란 참 무서운 것이어서 타고난 가난의 DNA와 을의 애티튜드 같은 것들이 과거에서부터 현재까지 보이지 않는 밧줄처럼 해국을 칭칭 휘감고 있다. 겸손을 표방한 쭈글이의 면모는 때때로 반대의 기질을 동경하는 쪽으로 발현되곤 하는데, 몇 달 전 나준과의 첫 대면에서도 그랬다. 녀석이 SNS에 올린 구인 광고를 보고 찾아왔을 때, 해국은 나준의 밑도 끝도 없는 당돌함에 홀린 듯이 마음을 빼앗기고 말았다. '저 정도의 패기라면 믿고 맡겨봐도 되겠는 걸.'하는 판단이 직감적으로 작용했던 거다. 더구나 그가 내민 이력서도 호감을 배가시켰다. 초중고 모두 프라하에서 다녔고 현재는 체코의 명문대인 카를로바대학교 의과대학의 휴학생 신분이라는 것. 겉모습은 누가 봐도 안경 쓴 샌님인데 내실은 누구보다 화려하고 탄탄했다. 그래서 끌렸는데 바로 그 점 때문에 일견 꺼려지기도 했다. 모르긴 몰라도 고생이 뭔지도 모르고 컸을 텐데 식당의 허드렛일을 감당할 수 있을까, 하고 염려했던 것이다.

"정말 여기에서 일을 하겠다고요?"

"네, 허락해 주신다면요."

"아니, 왜요? 그러니까 내 말은 딱히 그럴 만한 이유가 없어 보인단 말이죠."

당시의 해국으로서는 도통 감을 잡을 수가 없었다. 이 금수 저 친구에게 이 일이 필요한 이유가 무엇인지를.

"첫째, 한식에 진심입니다. 한때 닉네임도 한식러버였거든요. 쭉 외국에서 컸기 때문에 자연스럽게 다양한 나라의 음식을 접해왔지만, 영혼의 허기까지 채워주는 음식은 한식뿐이었습니다. 오버 아니고 진짜로요."

녀석은 입으로도 많은 말을 했지만 그보다 더 많은 말을 눈에 담고 있었다. 눈은 꾸밈없이 투명했다.

"프흡. 아, 미안합니다. 비웃는 게 아니고요. 영혼의 허기라… 나이도 어린 친구가 그런 표현을 쓰는 게 놀라워서 그래요. 진지하게 듣고 있으니까 계속해보세요. Keep Going!"

"네, 그럼 저도 좀 더 시리어스하게 말씀드릴게요. 제가 좋아하는 한국 속담이 있는데요. 젊어서 고생은 사서도 한다! 제 인생의 모토거든요. 휴학을 결심한 것도 경험하고 싶은 일들이 너무 많은데 이대로 진로를 확정하는 게 아쉽다는 생각이 들었습니다. 저는요. 사는 게 너~어무 너무 신나고 재밌거든요."

해국은 살면서 한 번도 입 밖으로 꺼내 본 적이 없는 말들을 녀석은 서슴없이 꺼내 보였다. 가져본 적 없는 타인의 감정 앞에서 해국은 사사로운 질투보다 더 큰 자극을 받고 있었다. 한 가지 마음으로는 정의할 수 없는 그보다 복잡한 무엇이었다.

"사는 게 재밌다… 아니, 태클이 아니라, 진짜 궁금해서 그래요."

"괜찮습니다. 친한 녀석들도 대체로 그런 반응이라서요. 근데 저는 진짜 그렇거든요. 세상 모든 일이 다 궁금해요. 살아있다는 건… 축복이잖아요. 그리고 저에게 이런 축복을 준 베이스가 코리아니까요. 제가 태어난 한국에 대해서도 알고 싶은 게 무진장 많습니다. 그중에 하나가 한식인 거고요. 음,으음! 그래서 말인데요. 이미 다른 지원자를 채용하신 게 아니라면 그 일, 제가 해도 되겠습니까?"


그때나 지금이나 하나준은 그냥 저스트 하나준이다. 패기 하나로 뽑힌 마민카식당의 유일한 직원이자, 한식이면 사족을 못 쓰는 여전한 한식러버다. 일할 때는 똑소리가 나지만 틈틈이 실없는 소리로 해국의 핀잔을 듣는 스물 한 살 한국계 유럽인이다. 뒤늦게 그가 입양아라는 사실을 알게 됐다고 해서 달라지는 건 아무것도 없다. 앞으로도 없을 것이다. 그런 의지의 표명으로, 해국은 무용한 말은 삼가키로 한다. 대신 행동으로, 나준의 어깨를 부드럽게 감싸 안는다. 나준은 카운터 테이블 위에 아무렇게나 흐트러져 있는 메뉴판들을 정리하다가 해국의 제스처에 움찔한다.

"사장님이 속으로 지금 무슨 생각을 하고 있는지 제가 맞혀볼까요?"

나준의 눈매가 슬며시 게슴츠레해진다.

"네가 내 생각을? 음음! 예, 어디 그럼, 들어나 봅시다."

해국은 당장이라도 콧방귀를 뀔 것 같은 기세로 응수한다.

"입양아 이 녀석에게 심심한 위로의 말을 해주는 게 맞을지, 아니면… 최대한 아무 일도 아닌 척 태연히 넘기는 게 맞을지, 심히 고민되시죠?"

나준은 마치 제삼자의 일을 언급하듯이 주관적인 감정을 빼고 말한다.

"놉. 아닌데?! 둘 다 아니올시다~ 위로를 받아야 할 사람은
오히려 나야, 인마. 입양 됐으면 그 후로는 줄곧 부모님이 계셨
을 거 아냐. 현시점에서 부모도 없고 형제도 없는 완벽히 혼자
인 내가 버젓이 가족이 있는 널 위로할 입장이겠냐. 안 그래?"

자기비하 또는 신세한탄의 발언을 하려는 것이 아니다. 해국
은 그저 공감을 주고 싶었다. 어설픈 위로나 불편한 연민 말고,
다르지만 비슷한 아픔을 겪은 사이에서만 나눌 수 있는 깊은
공감을 주고 싶었다.

"사장님……."

"이제 상황 파악 끝났지? 자, 그럼 이제 각자 할 일을 합시다.
저기 창가 자리에 계신 흰 수염 신사분에게나 가 보시죠, 하나
준 직원님."

해국은 잠시 쭈뼛거리다가 자리를 뜬 나준의 뒷모습을 한동
안 바라본다. 입양이라는 무거운 단어를 토해낸 하나준과 사는
게 너무 신나고 재밌다는 하나준. 그 두 얼굴이 저만치 걸어 나
가는 한 청년의 등 위에서 하나로 겹쳐진다. 나준에게는 나준
을 있게 한 기쁨과 슬픔, 감사와 회한이 있을 것이다. 그의 과
거를 아는 것이 식당을 운영하는 데에 도움이 될까. 그의 과거
는 그의 것이다. 그가 어떤 삶을 살았건 그건 오롯이 그의 몫이

다. 해국이 나준의 고용주가 되었다고 해서 그의 인생에 참견하거나 제멋대로 판단할 자격까지 생긴 건 아니다. 다만, 들어줄 수는 있다. 그가 무엇이든 말하고 싶을 때가 오면 인간 대 인간으로서, 세상을 조금 더 살아본 경험자로서, 그저 귀를 열어 들어줄 것이다. 어쭙잖은 위로나 가벼운 조언으로 선을 넘지는 않을 것이다. 그래, 그럴 것이다.

"사장님, 사장님! 창가의 흰 수염 아저씨가요…"

나준이 종종걸음으로 돌아와 해국에게 고한다.

"쓰읍. 너, 또!"

해국은 '아저씨'라는 대목에서 못마땅한 표정으로 제동을 건다.

"아저… 아니, 손…님께서요? 아까 주문하실 때 파스타는 없냐고 물으셨던 분이거든요? 그래서 제가 파스타와 가장 유사한 메뉴로 소고기 잡채를 추천했지 않겠습니까. 데헷. 그랬더니 저기 보세요. 접시까지 씹어 드실 기세라니까요. 크하하. 자, 여기요! 추가로 포장 주문까지 받았습니닷."

식당을 열고, 직원을 들이고, 음식을 만들어서 팔고. 영업은 분명 비즈니스의 영역이지만 비즈니스를 가능케 하는 건 사람이다. 사람의 소관이다. 관계는 까다롭고 소통은 어렵지만 그렇다고 해서 건너뛸 수 있는 일이 아니기에, 해국은 기록한다. 그의 영업일지에는 그날그날 다녀간 손님들의 반응이 적힌다. 좋은 반응도 나쁜 반응도 있는 그대로 쓴다. 일지에는 손님란과 더불어 직원란도 있다. 하나준 직원과 일하면서 느끼고 배운 것들도 글로 남긴다. 직원의 업무 만족도를 끌어올리려면 무엇이 필요한지, 직원과 우호적인 수평 구조를 유지하면서도 고용주로서 발언권을 가지려면 어떻게 해야 하는지 등에 관한 고찰도 생각나는 대로 텍스트화 한다. 식자재를 공급받는 거래처들도 목록별로 기재하고 거래처 담당자들의 특징이나 성향도(원활한 커뮤니케이션을 위해) 메모한다.

일례로, 인근 농장에서 식자재를 실어 나르는 필립은 배달을 올 때마다 몸에서 달큰한 고기 패티(patty) 냄새를 풍기기에 "이 맛있는 냄새는 뭔가요?"라고 물었더니 "아, 많이 납니까?" 하면서 양팔을 번갈아 코로 가져가 킁킁 댔다. 멋쩍은 웃음 속에 버무린 말은 "오면서 햄버거집 드라이브 스루로 치즈버거 세 개를 주문해서 달리는 동안 신나게 먹었어요. 농장에서 여기까지 차로 45분 정도 걸리는데요. 그걸 먹으면서 오면 일하러 오는 게 아니라 어디 좋은 곳으로 드라이브를 떠나는 기분이 들거든요."였다. 그 말을 들은 해국은 "그렇겠네요. 버거 타임이 있으니 그 시간이 왠지 기다려질 것 같기도 합니다. 그런데 치즈버거 세 개를 시키는 것보다 양이 많은 빅버거 하나를 주문하는 편이 낫지 않나요? 왜 굳이……."라고 조심스레 물었다. 질문을 받은 필립은 "운전하면서 먹기에는 내용물이 흘러내리는 빅버거보다 얇은 치즈버거가 편하더라고요. 그렇지만 하나로는 턱없이 부족해서 세 개 정도는 먹어줘야 포만감을 얻을 수 있답니다. 새로운 포장지를 하나씩 벗겨낼 때마다 느껴지는 설렘은 덤이고요."라고 천진하게 답했다.

그 후로 해국은 부활절이나 크리스마스처럼 가까운 사람들끼리 선물을 주고받는 날이 오면 필립에게는 햄버거집에서 발행하는 기프트 카드를 보내거나 수제 버거하우스의 외식권을 선물한다. 해국이 필립에게 보내는 햄버거에는 노동의 피로를 녹이는 포만감에 더불어 좋은 곳으로 떠나는 것만 같은 낭만적인 기분까지 담겨 있다. 인공지능은 할 수 없는 사소한 관심과 섬세한 챙김이 세상을 이롭게 하고 마민카식당을 복되게 한다고 해국은 믿고 있다. 그리고 그 모든 걸 가능케 하는 동력은 기록하는 습관, 그의 영업일지에서 비롯된다. 매출이 저조한 메뉴는 왜 저조했는지 모든 결과의 원인을 거슬러 분석한다. 한 장 한 장 불어나는 기록들을 넘기면서 개선할 점을 모색하고 나아갈 방향을 찾는다. 말은 쉽지만 결코 간단한 일이 아니다. 아닌 정도가 아니라 적잖이 성가셔서 빼먹고 어영부영 넘기는 날도 더러 있다. 그럴 때마다 해국은 불 꺼진 식당에서 낡은 장부를 펼치던 신애 씨를 불러낸다. 불에 데고 칼에 베인 손으로 숫자를 그리다가 꾸벅꾸벅 조시던 그 시절의 어머니를, 고춧가루가 튀고 얼룩이 묻어 누렇게 변해 있던 그녀의 영업일지를 떠올린다. 수천 번 넘어지면 수만 번 다시 일어서던 나의 산. 나의 어머니. 작지만 강했던 그 여인을 생각하면 까짓 못할 게 또 뭐가 있겠냐고 해국은 마음을 굳게 먹게 된다. 펜 하나만 잘 굴리면 내 공간을 지킬 수 있는데 그걸 왜 못하겠느냐고 자신에게 따져 묻는다. 너는 할 수 있지 않냐고. 이미 고인이 된 신애 씨는 전처럼 밥을 지을 수도 장부를 채울 수도 없지만 살아있는 너는 뭐든 할 수 있다고. 해국은 자꾸만 나약해지려는 자신을 일으켜 세운다.

## 12. 어떤 선택은

유월의 프라하는 시간의 경계가 허물어진 빛의 바다,라고 나준은 생각한다. 눈부시게 일렁이는 하늘빛이 도시 전체를 파도처럼 덮쳤다. 잔디밭에 누운 연인들의 오똑한 콧날 위에도, 마민카식당이 있는 올드타운의 골목 어귀에도, 나준의 자취방을 덮은 붉은 지붕 위에도 걷잡을 수 없는 빛의 물결이 쏟아진다. 나준이 눈을 뜨기도 전에 높다랗게 떠 있던 해는 일을 마치고 귀가할 때까지도 용케 저물지 않고 거리를 밝힌다. 어디까지가 낮이었고 어디서부터가 저녁이 된 건지 낮과 밤의 기준이 모호해졌다. 그래서인지 이 무렵에는 시간을 일일이 구분 짓는 일이 무용하게 느껴진다. 나준은 스마트워치를 두른 왼손을 바지 호주머니에 무심히 찔러 넣는다. 그러고는 나머지 한 손으로 슬렁슬렁 끌고 있는 반려자전거에 다감한 눈빛을 보낸다.

"헤이, 잭슨~ 오늘따라 바퀴 구르는 소리가 말이지. 나이스하지가 않단 말이지~ 뭐가 문제야, 응? 형, 괜찮아! 봐봐~ 나 완전 괜찮다니까! I'm good. I'm really good. don't you think?"

어느덧 익숙해진 퇴근길과 그보다 더 익숙한 손때 묻은 자전거. 바퀴며 손잡이며 안장에 도색까지 어디 하나 손 보지 않은 데가 없지만 나준에겐 세상에서 가장 귀한 물건이다. 십 년 전 그해, 열한 살 생일에 부모님이 선물해 주신 애장품 1호, 잭슨. 머리가 묵직한 날이나 가슴이 미어지는 날. 참을 수 없이 무료한 날이나 심장이 터질 것처럼 벅차오르는 날에도 나준은 잭슨을 타고 달렸다. 데굴데굴 챠리링. 세상 그 어떤 위로의 말보다 나준을 안심시키는 소리가 지금도 그의 발치에 있다. 그리고 그 위로 겹쳐지는 또 다른 소리. 몇 시간 전에 나준의 입을 통해서 나온 그 소리도.

"저 입양 됐거든요."

기이한 일이다. 보폭을 넓혀 앞으로 나아갈수록 두개골 속의 생각주머니는 뒷걸음질을 치니 말이다.

'하나준. 짜샤! 너도 참 너다. 입양아로 그만큼 살았으면 이제 좀 무감해질 때도 되지 않았냐?! 맘에 담아둘 거면 말을 꺼내질 말든가. 앞에선 쿨한 척하더니 뒤에서 혼자 곱씹고. 뭐 하냐, 너… 시시하게 좀 굴지 말라고.'

거침없는 나준의 속마음이 불쑥 말을 걸어온다. 언제까지 그럴 거냐고. 괜찮은 척만 하지 말고 진짜로 괜찮아져 보라고. 질

책인지 격려인지 모를 심연의 목소리가 호되게 다그치는 통에 더는 궁상을 떨 수가 없다. 그러니 모양새 빠지는 뒷걸음질은 이쯤 해두기로 하고, 허공을 겉돌고 있는 검은 페달 위에 발을 얹는다.

"잭슨! 내가 어디로 갈지 넌 이미 알고 있지? 좋았어~ 바로 거기야! 자, 간다~"

나준이 두 개의 페달을 번갈아 굴릴 때마다 그의 등에 업힌 스포츠 백팩도 좌우를 오가며 달그락거린다. 가방 안에는 어딜 가든 분신처럼 챙겨 다니는 10인치 태블릿 PC와 대용량 보조배터리, 표면에 노르딕블루를 입힌 텀블러와 휴대용 칫솔 외에도 어려서부터 가지고 논 루빅스 큐브(Rubik's Cube)와 물 건너온 만화책 다섯 권이 함께 들어있다. 다섯 권 모두 아기 타다시(Agi Tadashi)가 지은 일본의 요리 만화인데 『신의 물방울』이라는 제목이 언뜻 와인을 연상케 한다. 나준은 평소 주변 사람들에게 '활자 중독'이냐는 말을 들을 만큼 뭐든 닥치는 대로 읽는 걸 즐기는 편이다.(지난 주말에도 프랑스 고전 작가인 마리셀 프루스트의 소설을 만화로 번안한 종이 뭉치를 허겁지겁 삼키듯 읽었는데) 더군다나 와인과 요리에 관한 이야기라니. 한 장 씩 책장을 넘길 때마다 "캬. 이건 못 참지~"를 연발하다 보면 과몰입을 안 하려야 안 할 수가 없다. 마침 타이밍도 한몫하는 것이, 마민카식당에서 일하는 최근 나준의 상황과 절묘하게 겹쳐지는 부분도 있어서 어떨 때는 만화를 본다기보다 근무지에서 있을 법한 상황을 미리 가상으로 시뮬레이션을 한다는 기분으로 한껏 심취해서 읽기도 한다. 양손으로 큐브를 돌리면서 눈앞에 펼쳐 놓은 그림과 대사를 후루룩 해치우듯 읽다 보면 앉은 자리에서 대여섯 권은 순식간이다. 만화책에 루빅스 큐브에 태블릿과 텀블러를 비롯한 기타 등등. 다시 말해서, 나준의 등 가방은 그의 유희를 관장하는 물건들로 꾸려졌다. 비록 지금은 휴학 중이지만 명색이 의대생이니 소지품 목록에 의학 서적 한두 권 정도는 섞여 있을 거라 기대하는(사람은 없길 바라지만 만에 하나) 그런 이들이 있다면 손가락 사이사이에 만화책들을 끼워서 흔들어 보일까 한다. 물론 이때는 하얀 건치를 드러내는 것도 잊어서는 안 된다. 그러면서 속으로는 '저기요, 이보세요들. 인생에서 중요한 게 정말 공부밖에 없다고 생각하시나요?'라고 소리 없는 아우성을 치겠지. 단연코 그러고도 남을 것이다.

나준은 되고 싶다. 영혼이 있는 의사가 되고픈 동시에, 어떠한 조건 없이도 웃을 수 있는 보통사람으로 살고 싶다. 뭇사람

들이 이 같은 속내를 알게 된다면 그가 최근에 저지른(?) 일
련의 행동들이 조금은 납득이 갈 것이다. 학수고대하며 들어
간 대학에 돌연 휴학계를 내고 식당일을 시작한 괴짜 같은 면
모나, 엎어지면 코 닿을 거리에 있는 본가를 박차고 나와 자취
방을 얻은 일이나, 그의 가방 속에 들어찬 오합지졸의 내용물
도… 나준이니까, 나준이라서 그럴 수도 있겠거니 하며 수긍하
지 않을까. 사연 있는 입양아 출신이라서가 아니라 사는 게 신
나고 재밌다고 말하는 인물이니까. 실제로 나준은 요즘 그 어
느 때보다 만족스러운 시간을 보내고 있다. 굳이 불편을 찾자
면, 데일리로 메고 다니기엔 가방의 무게가 꽤 상당하다는 것
인데… 그 중량의 가치가 그런 거라면, 세상의 기준으로부터
숭고한 영혼을 지키고 소박한 웃음을 잃지 않기 위한 분투 같
은 것이라면. 문득문득 되살아나는 출생의 비밀이 오늘의 행복
을 망가뜨리지 못하도록 돕기 위함이라면. 봇짐이 아니라 바윗
덩이라도 짊어질 수 있다고, 나준은 호기로운 결의를 다지며
바람을 가른다. 범람하는 빛의 바닷속으로 빨려들 듯이 달려
들어간다.


　"아주머니~~! 잠깐만요!!"

나준의 자전거가 프라하 5구역 클라모브카 거리에 있는 모퉁이 꽃집 앞에서 미끄러지듯이 멈춰 선다.

"누군가 했네~ 어머나, 이 시간에 어쩐 일이니?"

15년 째 한결같이 자리를 지키고 있는 니콜라 아주머니는 오전에 꺼내놓은 화분들을 주섬주섬 안으로 들이다 말고 허리를 곧추세워 나준을 반긴다.

"허업. 그게요… 아참, 인사부터… 안녕…하세요. 허어업. 숨이 차서."

"대체 어디서부터 달려온 거야~ 안 되겠다. 우선 안으로 들어가서 목부터 축이자꾸나."

나준은 거친 숨을 고르며 자전거 뒷바퀴 쪽으로 발을 가져간다. 외발 지지대,라고도 불리는 킥 스탠드를 오른발로 한번 가볍게 툭 쳐서 펼친다. 길쭉한 쇠꼬챙이 하나 땅에 닿았을 뿐인데 비틀거리던 두 바퀴가 쓰러지지 않고 얌전히 제 형태를 유지한다. 그 모습을 이리저리 둘러보며 재차 확인한 나준은 비로소 자전거에 둔 시선을 거두고 니콜라를 따라 실내로 들어간다. 이미 소등을 마친 영업장에 들어서려니 민폐도 이런 민폐가 없구나, 싶어 고개가 숙여진다.

"죄송해요. 제가 너무 늦게 왔죠."

"인사는 됐고. 자, 시원하게 한잔 들이켜렴."

연보라색 들꽃을 포인트로 그려 넣은 길쭉한 투명 유리컵에 250㎖ 가량 채워진 음료는 니콜라 아주머니의 시그니처 메뉴인 홈메이드 레모네이드였다. 신선한 라즈베리와 레몬, 오렌지의 과육이 아낌없이 들어간 데다 톡 쏘는 탄산수에 얼음까지 동동 띄워서 보기만 해도 입안 가득 청량감이 도는 비주얼이다. 나준은 눈앞에 놓인 상큼한 액체를 한 모금 길게 목 뒤로 넘기고는 한결 편안해진 목소리로 대화를 이어간다.

"요즘 일을 하느라 낮에는 시간이 없어서요."

나준의 근황을 듣던 니콜라가 의아한 기색을 내비치는데,

"일? 무슨 일? 학교 수업은 어쩌고?"

니콜라 아주머니에게서는 한결같은 풀 내음이 난다. 이슬을 머금은 듯 물기 어린 풀잎들의 비릿하면서도 싱그러운 향이 그녀의 몸에 짙게 스며들어 있다. 나준은 오랜만에 익숙한 후각을 느끼며 준비한 말을 꺼낸다.

"학교는 휴학했고요. 요즘은 식당에서 일하고 있어요. 아마 아주머니도 들어보셨을 걸요? 마민카,라는 곳인데요."

나준은 '마민카'라는 상호를 언급할 때 다른 말보다 조금 더 신경을 써서 강세를 두었다.

"마민카라면… 올드타운 광장 뒤에 있는 한식당? 알지, 그럼
~ 근데 거기서 일한다고? 왜? 언제부터?"

뜻밖의 소식을 접한 니콜라는 표나게 관심을 드러낸다.

"이제 두 달 됐어요. 지금도 거기서 일 마치고 오는 길이거든
요."

나준이 조심스레 입술을 달싹이고 있는데 니콜라가 생각지
도 못한 질문을 던진다.

"갑자기 집안 형편이 어려워지기라도 한 거니? 하긴. 의대
학비가 좀 비싸니."

"아니요, 그런 건 아니고요. 이유를 들으시면 웃으실 수도 있
는데… 그래도 아주머니께는 사실대로 말씀드릴게요. 의학 말
고 다른 공부도 해보고 싶어서요. 이를테면, 세상 공부라고 할
까요. 혹시 아주머니께서도 저를 세상 물정 모르는 놈이라고
여기신다면……."

누구에게서도 나무라는 말을 들은 적이 없음에도, 나준은 자
신도 모르는 사이에 타인의 눈치를 보곤 한다. 그럴 필요가 없
다는 걸 알면서도 반사적으로 나오는 행동까지 거를 수는 없었
다.

"저런. 기특하기도 하지! 잘했다, 잘했어."

다행히 니콜라의 반응이 호의적이다. 그녀는 자신의 일처럼 기뻐하며 손뼉을 두드려 주었다.

"휴. 감사합니다."

나준이 엷은 한숨을 숨기며 안도의 미소를 만면에 띠었다.

"감사는 나한테 할 게 아니란다. 이렇게 훌륭하게 키워주신 부모님께 해야지, 안 그래?"

니콜라가 부모님,을 거론할 때 나준의 눈에는 착시현상처럼 니콜라의 얼굴 위로 어머니의 모습이 겹쳐졌다.

"얘기가 그렇게 되나요? 흐흣. 그래서 말인데요, 아주머니……."

나준은 말끝을 흐리며 꽃을 본다. 불 꺼진 어둑한 꽃집 안까지 노을빛이 길게 스며들어와 모든 꽃들이 온통 다 붉게 물들어버렸다.

"물으나 마나 오늘도 그 꽃을 찾는 거지?"

"네, 맞아요. 남은 게 있나요?"

나준은 배 위로 두 손을 공손하게 모으며 말했다.

"흐음. 그 꽃이라면."

니콜라는 대답을 아낀다. 말을 줄이며 나준의 두 눈을 깊이 들여다본다. 그 시간은 불과 2, 3초 정도였는데 나준이 느끼기에는 그보다 몇 배는 더 길었다. 심중에 있는 무언가를 꿰뚫어 보는 듯한 의미심장한 눈빛. 그 빛이 조금씩 사그라들 즈음, 천정의 전등이 켜지면서 주위가 환해졌다.

"어디 보자, 제라늄. 제라늄이라… 아무리 마감 시간이라도 단골손님이 오셨으니 찾아드려야지. 가만. 내가 그 꽃을 쇼케이스 냉장고에 뒀던가."

포장대 옆 벽면에 붙어 있는 네모반듯한 스위치를 누른 건 니콜라 아주머니의 구부정한 왼손 검지였다. 그녀는 다시 밝아진 가게의 내부를 눈으로 가볍게 훑고는 화분들이 모여 있는 곳으로 걸음을 옮긴다. 나준은 그 모습을 뒤에서 잠자코 바라보다가, 그 아이를 만났다.

나준의 텅 빈 시선 앞으로 달려드는 여섯 살 꼬마와 젊은 날의 어머니. 두 사람이 집 마당에서 한가로운 시간을 보낸다. 초록이 가득한 길을 지나 작은 정원으로 걸어가면 그녀가 손수 가꾼 로즈제라늄이 어여삐 피어있다. 어린 나준은 꽃들을 물끄러미 쳐다보다가 불쑥 그 말을 들었다. "자, 오늘부터 너의 이름은 나준. 하나준이고 앞으로 넌 이 집에서 살 거야. 그래도 괜찮겠어?"라던 그날의 어머니. 아직은 어머니라 부를 수 없었

던 혼란한 시절의 어머니(가 될 여인)였지만 여섯 살 남짓한 어
린아이의 눈에도 그녀는 곱고 아름다웠다. 로즈제라늄에는 비
할 수도 없을 만큼 눈이 부시도록.

나준은 기억의 저편에 묻어둔 과거의 그날이 바로 어제 일
처럼 생생해질 때마다 니콜라의 꽃집으로 달려와 꽃을 산다.
그날의 모든 이야기가 담긴 그 꽃을 산다. 니콜라에게도 어머
니에게도 한 번도 직접 이유를 설명하지 않았지만 그녀들이라
면 일찌거니 알아챘을지도 모른다. 나준의 로즈제라늄에 담긴
의미가 무엇인지. 그 꽃잎 속에 숨겨 놓은 진심이 무엇인지 애
초에 다 알아버렸을지 모른다. 그래도 언젠가 그럴 수 있다면,
나준은 어머니에게 이런 말을 직접 전하고 싶다. 오래전 그날,
당신이 한 그 선택이 나를 살렸다고. 꺼져 가는 한 생명을 구했
다고. 세상에 버림받고 한기에 떨던 작은 아이 앞에 등불을 걸
어준 사람이 바로 당신이라고. 그래서 어떤 선택은 생명을 버
리고 짓밟고 죽음에 이르게 하지만, 반대로 또 어떤 선택은 죽
어가는 목숨을 건져 올리기도 한다는 걸 당신을 만나 알게 되
었다고. 그러니 나 하나준은 당신에게 배운 대로 사람을 살리
는 선택을 하겠다고. 크게 잔인한 세상에서 작게 행복해지는
법을 터득해 날마다 새로이 피어나는 꽃이 되겠다고. 나준은

언젠가 꼭 이런 말들을 전하려 한다. 나의 어머니가 되어 준 그녀에게 당신의 아들로 살아가는 감회에 대하여.

# 13. 때로는 무모하게

　며칠째 202호가 조용하다. 그녀가 없는 프라하 6구역은 잠
잠하다 못해 적막하다. 물론 이런 감정은 어디까지나 수빈이
주관적으로 느끼는 것일 뿐, 방금 전 계단에서 옷깃을 스쳐 간
302호 남학생도 그렇거니와 오늘 아침에 아파트 공동 현관에
서 인사를 나눈 402호 아기 엄마도 여느 때와 다름없이 평온한
일상을 보내는 듯했다. 당연한 얘기겠지만 여기 이 아파트에
서. 아니, 이 구역을 통틀어 202호의 부재를 신경 쓰는 건 오직
수빈밖에 없을 것이다. 502호에서 지내는 수빈은 집을 드나들
때마다 습관적으로 2층을 본다. 근래에 들어서는 평소보다 두
드러지게 그렇다. 오늘은 단비가 오려나, 하는 기대를 담아서
자신도 모르게 살피게 되는 것이다. 그 순간은 하루 중에 단 몇
초로 아주 잠깐이지만 수빈에게는 짧지 않은 여운으로 다가온
다. 그녀가 곁에 있을 때에는 미처 알아차리지 못했던 마음들
을 일깨워준 시간이니까.

　"여보십시오, 자매님! Bonjour~"

맑고 명랑한 단비의 음성이 스마트폰 상단에 있는 손톱만 한 틈새로 카랑카랑하게 울려 퍼진다.

"파리에 간 지 며칠이나 됐다고 그새 프라하는 다 잊은 거야, 너?"

이제 막 집안으로 들어선 수빈은 귓가에 대고 있던 전화기를 식탁 위에 내려놓으며 통화 상태를 스피커 모드로 전환한다.

"언니야말로 오랜만에 목소리 들었는데 이러기야?!! 쓰읍. 이거 이거… 백단비 금단현상에 지독하게 시달리고 있을 줄 알았는데 이 냉랭한 반응은 뭔가요. 실망이 이만저만이 아니군요, 씨스터~"

단비가 말을 쏟아내는 동안 수빈은 겉옷을 벗어 식탁 의자에 걸어 두는데, 때마침 반쯤 열린 부엌 창문 틈으로 산뜻한 바람이 불어온다. 수빈은 리넨으로 짜여진 얇은 민트색 카디건이 나무 의자 등받이에서 하늘거리는 모습을 잠자코 지켜보다가 입에 머금고 있던 말들을 풀어낸다.

"다 했어? 흐흐. 보고 싶다고, 백단비~ 언제 돌아올 거야?"

수빈의 입가에 잔잔한 미소가 어린다.

"헷. 거봐! 나 없으니까 재미없지? 하~ 오나가나 이놈의 인

기란, 참."

단비가 특유의 익살스러움으로 은근슬쩍 대답을 모면한다.

"또 딴소리. 언제 올 거냐니까 왜 답이 없어? 너, 설마 지호 씨랑 계속……."

수빈이 다시 한번 콕 집어 묻는다. 그런데 중요한 대목에서 단비가 말을 자른다.

"잠깐. 잠깐~만요, 자매님! 일반적으로 '설마'라는 부사 뒤에는 말이지요. 부정적인 추측이 따라오지 않습니까? 소인, 자매님이 뱉으시려는 추측성 발언이 무엇인지는 모르겠으나 그게 뭐가 됐든 간에 옳지 않아요~ 암요, 옳지 않다 마다요."

수빈의 말을 가로막은 단비는 연신 알 수 없는 말들만 흘리고 있다. 그것도 아주 다급하게.

"으이그, 백단비 설레발을 누가 말려! 알았어, 알았으니까 단비야~"

수빈이 단비를 부른다. 늘 그래왔듯이 다정하고 차분한 어조로.

"에잇 참, 그렇게 부르지 좀 말라고. 나 그런 톤에 약한 거 알면서. 반칙이야 이건."

단비도 호흡을 안정시키고 목소리를 가라앉힌다.

"단비야, 백단비~!"

단비의 볼멘소리에도 아랑곳없이, 수빈은 다시 한번 분명하게 단비를 부른다.

"으응, 언니."

단비도 이번에는 순순히 응한다.

"그렇게 좋아? 그렇…게 좋은 거지?"

수빈이 묻는다. 많은 의미를 내포한 함축적인 질문 하나를 단비에게 안겼다. 주어도, 명사도, 중요한 말들은 대부분 생략된 문장이었지만 단비는 어렵지 않게 행간을 읽어냈다.

"뭐, 꼭 그렇다기보다는."

수빈은 안다. 단비가 제아무리 심드렁한 척 굴어도 수빈은 바로 감지할 수 있다. 그녀의 편안한 숨소리와 완만한 육성의 높낮이가 현재 단비의 심리 상태를 그대로 반영하고 있으니까.

"이런 말 우습긴 한데, 그냥… 안심이 된다고 해야 하나. 언니도 알다시피 아직 뭘 좋아하고 말고 할 단계는 아니지만 그래도 눈앞에는 있으니까. 사라졌던 유지호가 다시 내 눈앞에 있으니까. 그것만으로 퍽 안심이 돼, 언니. 이런 상태가 좋냐고 묻는 거라면… 응, 좋아."

단비가 목소리에 섞인 장난기를 모두 걷어냈다. 단어 하나,

호흡 하나하나에 진심을 담아 수빈이 건넨 질문에 걸맞은 답을
완성했다.

"그럼 됐어. 네가 그렇다면야… 그걸로 된 거지. 나머지 자세
한 얘기는 돌아와서 해 줘. 지금은 단비야. 지금의 우리가 할
수 있는 일들을 하자. 그게 뭐든. 후회 없이."


지금은, 지금의 우리가 할 수 있는 일들을 하자는 말. 그게
뭐든 후회 없이 해보자는 말. 과거의 수빈이라면 선뜻 꺼내지
못했을 말들을, 능동적인 의지의 표명 같은 그런 말들을 오늘
날의 수빈이 하고 있다. 그녀의 언어는 설핏 단비에게 건네는
당부처럼 들리지만 사실 그보다는 자신에게 하는 다짐에 더 가
까울지 모른다. 그리고 이 모든 자각은 통화 종료 버튼을 누르
고 난 후에야 찾아왔다.

'윽. 망했다. 목소리 들으니까 더 보고 싶잖아. 뿌엥ㅜㅜ… 그
런데 말야. 내가 전에 이런 얘기 했었나? 언니는 처음 볼 때부
터 어딘가 묘했어. 분위기가 꼭 과거에 사는 사람 같았거든. 하
지만 오늘은 좀 달라 보여. 물론 좋은 의미로 말이야. 이제야
비로소 우리가 같은 시제를 걷게 된 것 같은데 제 예감이 맞나
요? 그렇담 격하게 환영합니다. 어제에서 오늘로 걸어 나온(?)

용감한 지수빈 씨. 하트 뿅뿅. 그나저나 언니도 파리에 데려왔어야 했는데, 아흑! 아무튼 연구 대상 유지호 참교육 끝나는 대로 후다닥 달려갈 테니까 딱 기다려~ 힛.'

단비에게는 신통한 재주가 있다. 무성의 메시지에도 갖가지 표정과 입체적인 목소리를 담아낼 만큼 숨길 수 없이 사랑스러운 본체를 지녔다는 걸 본인은 아마 잘 모를 테지만, 만일 그렇다 해도 전혀 문제 될 건 없다. 모르긴 몰라도 지금쯤이면 단비 옆에 있는 그 사람은 훤히 다 알아버렸을 테니까. 백단비. 그녀가 얼마나 러블리한 인물인지. 그녀가 얼마나 상대를 웃게 하고 빛나게 하는지. 유지호도 더는 모르기가 힘들 테니까. 결국 이렇게 되었다. 결국 이렇게 되리라는 걸 수빈은 직감하고 있었지만 미리부터 마음을 놓을 수는 없었다. 어느 날 갑자기 파리행 비행 티켓을 흔들며 다녀오겠다고 말하던 단비를 열렬히 응원할 수는 없었지만 그렇다고 막아설 수도 없었다. 그때나 지금이나 수빈은 단지 이런 생각을 할 뿐이다. 우리는 살아가며 몇 번이나 무모해질 수 있는가. 어른의 탈을 쓴 우리는 한 번이라도 누구에게든 벌거벗은 진심을 보여준 적이 있는가. 그렇게 과감해지고 그렇게 무모해지기를 바란 적은 있는가. 그가 파리 어딘가에서 지내고 있다는 건 알지만 사전에 약속이 돼 있는 것도 아니고, 위급할 때 연락이 닿는 것도 아니고, 운이 따라 간신히 만난다 하여도 행여 그 사이 누군가 옆에 있을지도 모르는데… 그녀는 그 모든 불확실을 껴안고 그에게로 갔다. 그 마음의 크기가 얼마만큼인지 수빈은 감히 짐작할 수도 없다. 그러니 그저 지켜볼 뿐이다.

단비는 누누이 말했다. 자신과 지호 사이에는 이름이 없다고. 이렇다 할 관계를 형성한 적이 없으니 둘 사이를 규정할 말도 없는 거라고. 하지만 수빈은 그 말에 동의할 수가 없다. 사랑. 이런 게 사랑이 아니라면. 이토록 무모하고 날 것 그대로 타오르는 감정의 불씨가 사랑이 되지 못한다면 이 세상 어디에도 사랑 같은 사랑은 없을 것이기에. 비록 그렇게 불리지는 못한다고 하더라도 그런 것과는 별개로 그녀의 사랑이 존중받을 수 있기를, 수빈은 깊이 바라고 있다.

## 14. 파리에서 무아몽중

곤한 눈두덩이 위로 소리들이 팔랑팔랑 날아다닌다. 달그락. 덜그럭. 운두가 낮은 도자기 접시들이 맞닿는 진동과 음파 위로 스테인리스 개수대로 쏴아아-하고 떨어지는 물소리가 대기 중에서 촉촉하게 포개어진다. 어떤 소리는 선명하게 달려들고 어떤 소리는 낮게 스며들다가 희미하게 소멸된다. 그러는 사이에 잠이 모조리 달아났다. 당장이라도 늘어진 눈꺼풀을 들어 올리면 모든 진위를 소상히 알 수 있을 테지만 지호는 그럴 마음을 먹지 않는다. 행여 실눈이라도 떠질세라 부러 더 꼬옥 감고 있다. 커튼처럼 가리워진 시야를 그대로 두고 귀를 세워 가만가만 들어보는 것이다. 오랜만이라는 생각을 하면서. 타인이 만들어낸 생활음으로 시작하는 아침이 얼마 만인지 속으로 곰곰이 셈을 해보면서.

"깬 거 다 알아! 커튼 걷는다, 유지호!"

청명한 단비의 음성이 지호의 지척에서 맑게 떨어진다.

"앗 뭐야! 으읍."

지호가 이미 감겨 있는 눈을 한 번 더 세게 질끈 감으며 말한다.

"잠에서 깨어난 유지호는 이런 모습이구나~ 나만 보기 아까운데?"

열린 커튼 사이로 빛이 일렁인다. 거대한 햇살을 등에 진 단비는 엉거주춤한 자세를 만들더니 뭉뚝하게 튀어나온 두 무릎 위에 양손을 얹는다. 그야 물론, 거실 한가운데를 차지하고 누운 지호를 지근거리에서 관찰, 아니 바라보기 위해서.

"여기 동물원 아니다."

가까스로 실눈을 뜬 지호. 그의 희뿌연 눈동자가 빛 번짐을 걷어내고 서서히 초점을 맞춘 곳은 불과 한 뼘 거리에 있는 단비의 뽀얀 얼굴이다.

"백단비, 너 진짜~"

놀란 지호는 황급히 이불을 끌어당기며 언성을 높인다.

"크흣. 그러니까 이제 그만 일어나시죠. 무슨 주인이 손님보다 오래 자냐?"

무언가를 단념하는 사람처럼 무릎에서 완전히 손을 뗀 단비는 허리를 곧추세우며 지호를 타박한다.

"고맙다."

지호의 난데없는 동문서답을,

"뜬금없이?"

단비가 토끼 눈으로 물었다.

"내가 주인이라는 사실을 상기시켜 줘서 고맙다고. 상황적으로는 누가 봐도 주객이 전도됐지만 말이야."

듬성듬성 솜이 죽은 하늘색 줄무늬 이불 위로 얼굴만 빼꼼히 내민 지호가 헝클어진 머리에 호빵처럼 부은 얼굴로 말한다. 제 딴에는 불만을 토로하는 것이지만 그런 모습조차도 단비의 눈에는 마냥 동글동글하게 인식될 뿐이다.

"그래? 그렇잖아도 이 집 꽤 맘에 드는데 그냥 나, 쭈욱~ 눌러살까? 그래도 돼?"

거실창 가장자리에 선 단비가 하얀 커튼을 그보다 하얀 끈으로 동여매려다 말고, 지호를 힐끔 돌아본다.

"뭐? 야, 그건… 넌 무슨 애가 그렇게 대책도 없이… 말을 막, 그러냐!"

당황한 지호는 침을 한번 꼴깍 삼키더니 조리도 없이 이 말저 말을 바쁘게 내뱉는다.

"힛. 겁먹기는! 농담이라고요, 농담."

단비는 말끝에 피식, 작은 웃음을 터뜨리며 다시 커튼을 매

만진다. 한 움큼 손에 쥔 하얀 천의 허리를 봉긋하게 만들고는 내심 만족한 얼굴로 다음 말을 잇는다.

"쿠르브부아(Courbevoie), 여기 말이야. 어젠 밤이라서 뭐가 뭔지 잘 몰랐는데 아침에 보니까 어쩜! 샤랄라~ 그 자체더라?"

"뭘 보긴 했고?"

관심을 들키고 싶지 않은 지호는 간략히 말을 줄이는 선택을 한다.

"봤지~ 오빠 너 자고 있을 때 커피나 사 올까 하고 나가봤는데 벌써 한여름처럼 햇살이 쨍하더라고."

쨍한 건 햇살만이 아니다. 투명하고 카랑한 단비가 뿜어내는 에너지도 그에 못지않게 쨍쨍하니까.

"혼자 나갔다 왔다고?"

"오해를 부르는 그 말투는… 설마 걱정인 거야?"

단비는 혹시나 하는 마음에 목소리를 낮추고 지호의 대답을 기다린다.

"걱정은 무슨. 어디로 튈지 모르는 낯선 생명체에 대한 경외심 정도로 해두자."

"으~ 얄미운 유지호. 어디로 튈지 모르는 건 그쪽도 마찬가지거든요?"

잠시 잦아들었던 단비의 음성이 다시 쩌렁쩌렁해진다.

"그런가… 그렇다 치고! 두 살이나 많은 오빠한테 얄미운 유지호가 뭐냐! 속마음은 제발 바깥으로 꺼내지 말아 줄래, 게스트님? got it?"

"칫. 내 맘이거든~ 오빠 너야말로 흥 깨지 말고 좀 들어 줄래? 있지, 내가 말야. 얄미운 유지호가 쿨쿨 자는 틈에 동네 탐방을 해봤는데, 세상에! 아침 햇살이 그렇~게 쨍한데 머리가 뜨겁긴 커녕 도리어 시원한 거야. 이 동네 뭐야, 놀랍지 않아?"

"그게 왜?"

지호는 도무지 의미를 모르겠다는 듯이 물었다.

"왜라니! 눈에 보이는 것과 몸으로 느껴지는 게 다른데, 이상하잖아?"

"그래서?"

"그래서 하늘을 슬쩍 올려다봤더니… 이게 웬걸, 내 머리 위로 푸릇푸릇한 초록 잎들이 무성하게 지붕을 만들었지 뭐야. 그러고 보니 사방이 온통 다 나무더라고. 가로수들이 키가 너무 커서 그런가 아니면 건물들과 너무 자연스럽게 어우러져 그런가, 처음엔 바로 인식을 못 했는데 이 앞 도보에도, 길 건너 도로에도, 골목 사이사이에도 온통 다 초록… 여기 진짜 뭐야?

숲이 따로 없던데?"

단비는 오늘 아침의 이 상쾌한 기분이 쿠르브부아를 만나서 인지, 유지호를 찾아서인지… 속으로 자문하는 중이다.

"프라하는 그럼 사막이었고?"

"에잇 참! 그런 얘기가 아니잖아. 자꾸 산통 깰래!"

"흐훗~ 알았어, 알았어. 장난 안 칠게. 그리고 또? 나무만 보다 오진 않았을 거 아냐."

"아, 그래, 거기. 50미터 즈음 앞에 모퉁이 돌면 나오는 카페 있잖아. 그 앞 공터에 플라워 트럭 오는 거 알고 있었어? 나도 그런 거나 해볼까. 어떻게 생각해?"

"……."

"저기…요? 뭐야, 유지호! 다시 자는 거야?"

신나게 말을 늘어놓던 단비가 심드렁하게 변한 목소리로 지호를 부른다.

"넌 자장가로 힙합 듣냐! 그렇게 랩을 해대는데 어떻게 자라는 거야."

"그럼 왜 사람 말하는데 묵언 수행이냐고, 김새게."

"일부러 그런 게 아니라 듣다 보니 하도 어이가 없어서 말을 잃은 거지. 취업하겠다고 유럽까지 이역만리를 날아온 애가 갑자기 뭘 하신다고요?"

"누가 당장 하겠대? 그냥 인생의 모든 가능성을 열어두는 거지. 세상은 어마무시하게 넓고 할 일은 차고 넘치니까! 안 그래? 유.길.동.님도 그래서 이랬다저랬다, 프라하에서 파리까지 왔다 갔다~ 하시는 거 아닌가요? got it?"

감정은 때때로 내 것이면서도 내 것이 아닌 것처럼 느껴지기도 한다. 유지호 앞에서는 절대로 서운한 감정을 드러내지 않겠노라 그렇게 노력했건만, 부단히 눌러왔던 마음들이 허술한 기회를 틈타 단비의 입 밖으로 비죽비죽 새어 나온다.

"하. 진짜 어떻게 한 마디도 안 지냐. 솔직히 말해 봐, 너! 이러려고 온 거지? 나한테 어깃장 놓으면서 복수하려고 말이야."

"그 얘기라면 어젯밤에 다 했잖아. 보.고.싶.어.서. 왔다고! 흠, 녹음이라도 해둘 걸 그랬나… 진짜야! 나 빈말한 거 아닌데?"

"얘가. 얘가. 사람을 아주 그냥 들었다 놨다… 후~ 날은 또 왜 이렇게 덥냐."

지호는 난감한 상황을 모면하고자 표정과 말투, 몸짓까지 동원해서 과장된 행동을 한다.

"쿄쿄. 재밌다! 갑자기 살 맛이 확 나네?"

"잠깐만. 그대로 정지. 움직이지 말고 거기 잠깐 서 봐."

"응? 왜 그래?"

"너 설마… 그 차림으로 나갔다 온 건 아니겠지? 암만 봐도 그 옷은⋯⋯."

마침내 이불 밖으로 성큼 걸어 나온 지호가 어딘가 낯익은 단비의 상의를 보며 의문을 품는다.

"아, 이 옷! 맞아."

"맞다고?"

"응. 유지호 옷장에 있던 거 맞다고. 이 도그 프린트 코튼 저지 티셔츠랑 저기 저 현관에 걸린 볼캡 모자도 빌려 썼는데… 괜.찮.지? 옷을 많이 안 들고 와서 어쩔 수가 없었어, 미안. 아니지… 이럴 땐 땡큐가 먼전가? 그럼, 멕시 보꾸(Merci Beaucoup)~!"


단비를 안다고 생각했다. 그녀의 이름을 알고 그녀의 생김새를 안다. 그녀의 나이를 알고 가까운 과거에 그녀가 내린 어떤 선택을 알고 있다. 체코어 연수를 위해 대학 졸업을 미루고 프라하에 오게 된 일이나, 꿈의 직장인 대사관이 근처에 있다는 이유만으로 무작정 프라하 6구역에 집을 얻은 일도. 그런데…… 그런 것들을 아는 것만으로 그녀를 다 안다고 할 수 있을까. 지호는 돌연 혼란스럽다. 어제오늘 마주한 단비는 이제껏 알고 지내던 그 단비가 아닌 것만 같아서.

"왜 그렇게 봐?"

단비가 한풀 꺾인 목소리로 걱정스럽게 묻는다.

"어? 아니야, 아무것도."

지호가 고개를 가로저으며 대답한다.

"미안해. 내가 너무 내 멋대로 굴었지… 불쾌했다면 지금이라도 벗을게."

단비는 말을 채 끝내기도 전에 어깨를 안으로 말더니, 한쪽 팔을 쓱 빼며 그 자리에서 티셔츠를 벗으려 한다.

"뭐 하는 거야!!"

단비의 돌발 행동에 화들짝 놀란 나머지, 지호는 자신도 모르게 버럭 소리를 지르고 만다.

"깜짝이야! 귀청 떨어지겠네~ 거봐, 화난 거 맞네."

놀라긴 단비도 마찬가지다. 지호의 격한 반응에 어깨를 움찔한 단비는 어쩌다 보니 옷을 입은 것도, 벗은 것도 아닌 상태가 되었다.

"그러게 왜 사람을 놀래키냐. 나 화난 거 아니고, 그 옷 가지고 뭐라고 안 할 테니까… 그러니까 다시 좀 제대로 입지?"

"그래, 그럼."

단비는 못 이기는 척 지호의 말을 따른다. 그러면서 속으로는 '부끄러운 건 난데 유지호가 왜 홍당무가 되는 거냐고!' 하는 생각을 한다. 그도 그럴 것이, 지호가 무얼 상상하는지 모르겠지만 단비는 추호(?)도 그럴 의도가 없었다. 첫째, 티셔츠를 벗을 때 따로 밀폐된 공간을 찾지 않은 건 속에 다른 옷을 한 겹 더 입고 있기 때문에 굳이 자리를 옮겨야 할 필요성을 느끼지 못했던 것이고. 둘째,(아직 지호의 답을 들은 건 아니지만 정황상 짐작건대) 좋아하지도 않는 여자 사람의 탈의가 이렇게까지 그를 소스라치게 만들 거라고는 맹세코 단춧구멍만큼도 예상치 못했으니까. 더불어, 그로 인해 생겨난 이 불편한 정적에 대해서도 말이다.

"아, 음음. 저기… 오늘 뭐 하고 싶은 거 있나?"

지호의 달뜬 중저음이 어색한 공기를 뚫고 날아들 때, 단비는 헛기침의 쓸모에 관해 골몰한다.

"말하면? 뭐든 같이 해주나?"

단비는 무슨 마음을 먹었는지 알 수 없는 표정으로 지호를 긴장시킨다.

"어허, 또! 선량한 마음에 재 뿌리지 말고. 생각 바뀌기 전에 말하는 게 좋을 거다. 10, 9……."

"쳇. 비싸게 굴긴."

새초롬한 말투와 그렇지 못한 표정이 지호를 향한다.

"없구나?! 됐어, 그럼."

"누가 없대? 너무 많아서 고르는 중이라고."

"8, 7, 6……."

수를 헤아리는 지호의 목소리가 조금씩 느려지더니 점점 더 나긋해진다.

"사진! 사진 찍어 줘."

"사진?"

"응, 스냅사진. 나 계속 궁금했거든. 유지호의 프레임에는 어떤 순간이 담기는지. 빛은 어떻게 쓰고, 구도는 어떻게 잡는지. 또 인물은……."

"넌 원판 불변의 법칙도 모르냐."

"그러니까! 원판이 이렇게나 훌륭한 모델이 앞에 있으니까. 빼지 말고 실력 발휘 좀 해보시죠, 네? 도.브.리. 작가님?!"

"너 그건 또 어디서 들었어?"

"뭐 말야? 도브리? 그러게, 내가 이걸 어디서 들었더라… 아

~ 그렇지!! 오늘 사진 찍어주면 말해 줄게, 어때? 해주는 거다?! 으히힛."

아이처럼 보채던 단비가 속없이 웃는다. 한 번도 지호를 미워한 적이 없는 것처럼. 한 번도 지호의 빈자리를 탓한 적이 없었던 것처럼. 그래서 지호가 무너진다. 여지없이 그렇게 되어가고 있다. 스스로도 인지하지 못할 만큼 갑작스럽게, 그러나 분명히 지호는 허물어지고 있다. 그렇지만…… 지킬 수가 있을까? 지킨다는 말이, 무언가를 지키겠다는 말이 사람을 어디까지 무력하게 만들 수 있는지 잘 알면서도, 지호는 또다시 일렁이는 물결에 자신을 맡긴다. 이런 순간이면 어김없이 떠오르는 이름. 누나. 누나는, 그러니까 누나는… 실종됐다. 실종된 것이 맞다. 그 사실을, 온전한 사실로 받아들이기까지 자그마치 이십 년이 걸렸다. 시간은 잔인할 정도로 무정했지만 모든 걸 앗아가진 못했다. 명백히 남아있는 한 가지의 위안은, 지호가 점점 더 단단해지고 있다는 것이다. 누나를 지켜내지 못한 어린 날의 슬픔과 형언할 수 없는 참담함을 더는 외면하지도 부정하지도 않는다. 부정한다는 것은 회피요, 도망이다. 도망은 간편하고 희망은 복잡하지만, 그래도 이제는 빛이 있는 곳으로 나아가려 한다. 생각이 여기까지 미치자 일순간 현기증이 난다.

한순간에 모든 것이 이질적으로 변해버렸다. 지호는 생경한 기분이 되어 직면한 모든 것을 초연히 들여다본다. 오늘 이 순간에 새로이 마주한 자신을, 스물일곱의 유지호를, 유지호가 다시금 지키고 싶어진 것들을 꿈인 듯 바라본다.

# 15. 데이비츠카를 걷는 시간


"지금은 프라하가 저의 집이죠."

어제 오후였다. 유월의 마지막 날이었고, 해국은 마민카식당이 아닌 데이비츠카(Dejvicka) 광장에 있었다.

"그것참. 말하고 보니 어색하네요. 그렇게 낯설더니 이제는 집,이라는 소리가 스스럼없이 나오고 말입니다."

여름의 초입답게 늦은 오후에도 날이 환했다. 해국은 저물지 않는 해를 보며 수빈에게 이 같은 말을 했고,

"전 이제 '집'이라고 말할 수 있는 곳이 없는데. 부럽네요."

수빈은 비관도 낙담도 아닌, 있는 그대로의 본심을 꺼냈다.

"정말 그렇게 생각해요?"

해국은 의미심장하게 물었고, 수빈은 천천히 걸음을 멈춰 세웠다. 옆에서 나란히 걷느라 살피지 못한 해국의 얼굴을 물끄러미 보면서 그의 입에서 나올 다음 말을 기다렸다.

"기준을 어디에 두느냐에 따라 다른 거 아닐까요. 하루를 살아도 집은 집이잖아요."

해국은 조심스레 감아쥐고 있는 수빈의 손을 무심결에 놓치지 않게 주의를 기울이면서 침착한 어조로 말을 이었다.

"단 하루를 살아도요?"

수빈은 긍정도 부정도 할 수가 없어서 조용히 반문했다.

"그럼요. 불과 한 시간을 살아도요. 그 시간 동안 내 마음이 오롯이 쉬었다면 말입니다. 그곳이 바로 집인 거죠."

해국은 수빈에게 묻고 있었다. 세속적인 잣대의 집이 아니라 오롯한 쉼을 주는 안식처가 있느냐고. 언제고 찾아가 마음을 누일 수 있는 자리가 당신에게 있느냐고. 아직도 헤매고 있는 중이라면 혹시 '나'는 안 되겠냐고. 나에게 머물면 안 되는 거냐고. 내가 당신의 집이 되고 당신이 나의 집이 되어 서로가 서로의 휴식이 되어 주면 어떻겠냐고. 차마, 거기까지는 말로 다 하지 못했지만… 해국은 목까지 차오르는 진심을 숨긴 채 에둘러 묻고 있었다.

"어디에도 완벽한 집은 없겠지만 마음먹기에 따라 어디든 집이 될 수도 있는 거니까요."

해국의 목소리가 미세하게 떨렸고,

"그런 기준이라면… 다주택자가 넘쳐나겠는데요?"

수빈은 묘한 분위기를 희석하려 애썼다.

"큭. 뭐 어떻습니까. 그렇게 여긴다고 해서 세금을 더 내는 것도 아닌데요. 한국도 내 집이고, 체코도 내 집이죠."

해국의 목소리도 어느새 가벼워졌고,

"체코만요? 유럽은 아니고요?"

수빈도 한결 편안해졌다.

"까짓거, 안될 것도 없죠. 원래 마음이 부자인 사람이 진.짜. 부자거든요."

더 이상 남 부러울 것이 없는 상태. 부자의 정의가 만일 그런 거라면 요즈음 해국은 부자가 맞다. 내 손으로 일군 마민카 식당이 있고, 함께 일할 나준이 있다. 마음을 나눌 수빈이 있고, 마음으로 그리는 지호도 있다. 가족 같은 에블린 아주머니와 한결같이 찾아주는 손님들까지. 그들 모두가 해국을 가득차게 만들었다. 해국은 이제 기적을 믿는다. 어머니를 여의고 그 후로 몇 년을 폐허가 된 세상에서 살았다. 살았다,는 말조차 거북하게 여기어질 만큼 잔인한 시간이었다. 시간은 지독하게 고여 종국에는 무참히 썩어버릴 줄 알았는데 기어이 오늘이 왔다. 오늘이 왔다는 건 기적이다. 그럭저럭 살 만한 오늘. 수빈과 도란도란 얘기를 나누며 산책을 즐기는 오늘. 아무것도 아닌 일상이 특별해지는 오늘. 그래, 이만하면 됐다고. 더 바라면 욕심이라고. 해국은 누누이 자신을 타이르면서도 그녀 앞에만 서면 자꾸 의지가 약해진다. 자꾸만 선을 넘고 싶어진다.

"아, 좋다~ 좋은데. 좋아서. 좋으니까. 자꾸만 이런 생각이 드는 거죠."

해국이 말했다. 한참 전부터 잡고 있는 수빈의 손을 조금 더 세게 꼬옥 움켜쥐면서.

"무슨 생각이요?"

수빈이 물었다. 손에서 손으로 전해져 오는 해국의 미세한 불안을 느끼면서.

"안 가면 안 되나? 하는 생각."

해국이 어렵게 답했다.

"…… 어딜요?"

수빈도 어렵게 되물었다.

"어디든요. 그냥 이대로. 아무 데도 안 갔으면 해서."

시선을 발끝에 떨구며 들릴 듯 말 듯한 소리로 읊조리는 해국. 그는 모호하게 말했지만 수빈에게는 이제껏 나눈 그 어떤 말보다 선명하게 다가왔다.

"다른 사람 같네요, 오늘은."

수빈은 고심 끝에 적당한 말을 골라 내놓았고,

"어린애 같죠?"

해국은 다시 한번 솔직한 마음을 툭 떨어뜨렸다.

"음. 보자. 그렇게 치부하기엔 너무 큰데요? 크흐."

그즈음, 해국의 어깨 위로 붉은 석양이 커다랗게 드리워졌다. 그럴 리는 없겠지만 꼭 누군가 두 사람의 대화를 듣고 있다가 극적인 타이밍에 조명을 켠 것처럼 절묘한 순간이었다. 그래서 아름다웠고 그래서 불편해졌다. 강렬하게 퍼진 낙조 때문에 더는 서로의 얼굴을 읽을 수가 없었으니까. 웃고 있는지, 울고 있는지. 환희에 차 있는지, 불안에 떨고 있는지. 저녁놀은 두 사람이 짓고 있는 모든 표정을 한순간에 뜨겁게 삼켜버렸고, 해국과 수빈은 그 빛이 온순히 잦아들 때까지 한동안 말없이 서 있었다.

하루가 지났다. 어제가 가고 새날이 밝았는데, 수빈은 아직 데이비츠카 광장을 벗어나지 못한다. 해국과 함께 거닐던 그 시간, 그 자리에 덩그러니 서 있다. 녹음이 짙은 공원 속 웃음을 흘리는 어린이들과 심심찮게 들려오는 새들의 울음소리, 아치형 분수가 내뿜는 물줄기와 초여름을 만난 사람들의 떠들썩한 움직임이 수빈의 집안 곳곳에서 다시금 피어난다.

"어디든요. 그냥 이대로. 아무 데도 안 갔으면 해서."

처음이다. 해국이 그런 말을 한 건 처음이었다. 늘 괜찮다고 말하던 그였는데 어제는 처음으로 괜찮지 않다고 말하고 있었다. 당신의 부재가 괜찮지 않을 거라고. 아무 데도 가지 말라고. 어디에도 완벽한 집은 없겠지만 마음먹기에 따라 어디든 집이 될 수도 있다고. 해국은 처음으로 숨김없이 다 들려주었다. 그때 알았다. 괜찮지 않다는 말이 어떤 상황에서는 가장 괜찮은 말일 수도 있다는 걸, 수빈은 그토록 낯선 해국의 모습을 보며 깨달았다.

"아, 좋다~ 좋은데. 좋아서. 좋으니까. 이런 생각이 드는 거죠."

"무슨 생각이요?"

"안 가면 안 되나? 하는 생각."

수빈의 예감이 맞다면, 어제 본 그는 어딘가 달라져 있었는데 무엇이 그를 움직였을까. 뭐라고 특정할 수는 없지만 무언가 변화가 움트고 있는 것만은 느낄 수 있다. 해국에게도. 수빈에게도. 이름 모를 바람이 불고 있다. 이제 수빈은 해국이 없는 시간에도 해국을 생각한다. 해국도 아마 그럴 것이다. 어느 날 수빈이 프라하를 떠난다면. 해국이 우려하는 그날이 현실로 다

가온다면. 해국도 틀림없이 그럴 것이다. 수빈이 없는 시간에
도 수빈을 떠올릴 것이다. 한동안은 사무치게 그럴 것이다. 그
러다가 다시 여름이 오고, 또 다른 여름이 오면. 계절 위에 계
절이. 기억 위에 기억이. 새롭게 새롭게 포개어지면…… 그때는
서로를 잊고 살아갈 수 있을까. 살면서 떠나보낸 무수한 관계
들처럼 이 역시도 그저 한때의 시절 인연이었다고 여기면서 가
벼이 웃어넘길 수 있을까. 그런 후에는 다시 또 누군가를 만나
마음을 주고받을 수 있을까. 수빈은 수심에 잠긴 얼굴로 달력
을 본다. 프라하에 온 뒤로 벌써 일곱 장의 달력을 넘겼다. 이
제는 정말 때가 된 것 같다. 어느 쪽으로든 마음을 정할 때가
되었다.

'지수빈. 더는 지체할 시간이 없어. 이미 너무 많은 시간을 써
버렸다고.'

수빈은 창밖의 여름이 더 짙어지기 전에 이 문제에 대한 답
을 내리려 한다. 겨울부터 남몰래 끌어안고 있는 숙제를 더는
미룰 수가 없을 것 같기에.

# 16. 나 즈드라비

When stars were fallen, When I felt broken, I will remember, You felt the same.

(별들이 떨어질 때, 내가 망가져 있을 때, 기억할게요, 당신도 같은 마음이었다는 것을.)

블루투스 스피커에서 달짝지근한 음악이 흐른다. 리듬이 불어서인지 바람이 불어서인지, 출입구 밖에 걸어둔 풍경도 짜랑~짜그랑 춤을 춘다. 물고기 모양을 한 은색종이 처마 끝에서 제 몫을 하고 있을 때, 테이블마다 모여 앉은 손님들은 웃음 섞인 목소리로 대화가 한창이다. 귀를 간지럽히는 노랫소리와 잊을 만하면 울려 퍼지는 종소리와 마주 앉은 사람들이 화음처럼 쌓아 올리는 말들. 그 사이사이를 분주히 오가는 나준이 있고, 카운터 앞을 선봉장처럼 지키고 서 있는 해국이 있다. 마민카 식당은 오늘도 성업 중이다.

"저기요!"

젊은 한인 여성이 손을 번쩍 들어 올렸다. 그녀는 스피커에서 팔을 뻗으면 닿을 것 같은 좌석에 있다. 등받이가 넓은 라탄 의자에서 목을 쭉 빼고 기다린다.

"네, 뭐 필요하세요?"

바로 옆 탁자에서 손님들이 빠져나간 자리를 정리하고 있던 나준은 잠시 하던 일을 멈추고 응대를 한다.

"지금 나오고 있는 이 노래요."

"아, 네. 볼륨을 좀 줄여드릴까요?

나준은 스피커가 있는 쪽을 가리키며 묻는다.

"아니요. 제목이 뭐예요?"

"네? 아~ 제목!"

가볍게 고개를 주억거리는 나준이 노래 제목을 떠올리고 있을 때,

"어디서 들어본 것 같긴 한데, 생각이 날 듯… 안 나네요."

손님은 골똘한 태도로 말을 보탠다.

"그럴 때가 있죠. 아, 생각났다. 'Remember'요. 기억하다. 리멤버."

"샘 옥, 맞죠? 아~ 개운해. 고맙습니다."

손님은 잃어버린 친구라도 되찾은 것처럼 기뻐하고 있다. 이름에서도 느껴지듯이 가수 샘 옥은 한국계 미국인이다. 메릴랜

드에서 음악을 시작한 그는 작곡부터 연주와 노래까지 혼자서 다 소화하는 싱어송라이터로, 자신의 유튜브 채널을 통해 활동을 시작했다고 한다. 플랫폼과 알고리즘의 시대가 도래하지 않았더라면 나준이 샘 옥의 팬이 되는 일은 없었을지도 모른다.

"Sam OcK을 아신다니 반갑네요. 이 가수, 저도 좋아하는데요. 지금 나오고 있는 노래도 제가 사장님께 우겨서 마민카 플레이리스트에 담은 거거든요."

"여기 플리는 완전 취저예요. 노래도 맛있고, 요리는 말할 것도 없고요. 정말 마민카 없었으면 저희 같은 유학생들은 어떻게 버텼을지… 따흑. 저기 계신 사장님께 말씀 전해주세요. 꼭~ 존버 하시라고요."

또래 손님과의 기분 좋은 스몰토크를 마친 나준은 자리마다 놓인 빈 접시들을 수거해서 카운터 뒤에 있는 키친으로 들어가려다, 통로에 있는 해국에게 붙잡힌다.

"어잇. 동작 그만!"

"왜 그러세요?"

"하나준 직원님. 누가 신성한 근무 시간에 손님하고 잡담하라고 했지?"

해국은 전에 없이 근엄한 낯빛으로 나준을 쏘아보지만,

"에이~ 담소,라는 좋은 말을 두고 잡담,이라뇨. 어감이 영 그렇잖아요?"

보통내기가 아닌 나준은 아랑곳없이 제 할 말을 한다.

"인마! 담소나 잡담이나."

"아, 다르고 어, 다른 게 한국말이라고 배웠습니다만."

"그래서? 잘했다고?"

"딱히 잘못한 것도 없는데요. 손님이 먼저 물었어요. 매장에 틀어놓은 노래의 제목이 뭐냐길래 제가 친절히 알려드렸죠. 그 랬더니……."

"그랬더니?"

"마민카 플레이리스트는 완전 취향 저격이라면서 음악부터 음식에 분위기까지 다 맛있다고 폭풍 칭찬을 막 쏟아내더니, 급기야는 사장님께 꼭 이 말을 전해달라고 했어요."

"나한테? 뭐, 무슨 말?"

해국은 내심 기대하는 얼굴이다.

"자기가 유학생들을 대표해서 말하는 건데, 마민카식당 없 어지면 안 된다고 꼭~ 존.버. 하시래요."

"……."

"엇, 우세요?"

"야, 울기는~"

"그럼 제가 울겠습니다. 아흐. 팔 저려~ 마비 올 것 같다고요. 이 그릇들 대신 받으실 거 아니면 전 이만 주방으로 물러갑니다."

아닌 게 아니라 정말로 나준의 팔이 미세하게 떨리고 있었다. 손님들이 모두 지켜보는 앞에서 켜켜이 쌓은 접시들을 떨어뜨려 와장창 깨뜨리는 불상사를 일으키기 전에 나준은 서둘러 자리를 뜨려 하는데,

"어? 어, 그래! 근데 있잖아, 나준아!"

"아이~ 또 왜요~?"

나준은 계속된 해국의 부름에 인내심을 상실했는지, 말꼬리를 축 늘어뜨리고 미간을 약간 찌푸린다.

"내가 존버면… 너도 존버다, 알지?"

해국은 돌아서서 걷는 나준의 뒤통수에 대고 짓궂게 외쳤다. 녀석은 성가신 눈치지만 해국은 이런 순간이 반갑다. 일찍이 반납한 어린 날의 천진함이 되살아나는 것만 같아서.

"아, 진짜~ 사장님! 저 팔 아프다고요~"

"크하하. 미안. 들어가, 들어가!"

비속어인 '존버'는 엄청나게 힘든 과정을 거치는 중이거나

참기 어려운 고통을 견뎌내야 하는 상황에서 사용하는 말이다. 때를 기다리며 끈질기게 버티라는 것인데, 여태 해국이 걸어온 길이 꼭 그랬다. 존버의 표본이었다. 아버지의 이른 부재가 가져온 지독한 가난을 버텼고, 병든 어머니의 죽음을 견뎠고, 홀로 남겨진 시간을 이겨냈다. 그리하여 마침내 해국은 봄을 맞았다. 해국에게 있어 프라하는 살면서 처음으로 마주하는 봄 같다. 모두가 봄이라고 하니 봄인가 보다… 하는 게 아니라, 진짜 봄 같은 봄을 프라하가 보여주었다. 그러니 녹을 수밖에. 한 맺힌 설움으로 차갑게 얼어버린 줄로만 알았던 스물아홉의 딱한 소갈머리가 눈 녹듯 스르르 녹고 있다. 여전히 아버지는 없고, 이제 어머니까지 안 계시지만 해국은 혼자가 아니다. 아무 것도 없던 빈털터리 청년에게 마민카식당이라는 보금자리가 생겼다. 매일 사람들이 오가고, 살가운 말들이 오가고, 작고 소중한 마음들이 스민다.

"잘 먹고 갑니다~"

오늘은 옆 골목에서 열쇠집을 운영하는 비드라 아저씨도 다녀가셨다. 설렁탕 한 그릇에 밥 두 공기를 순식간에 말아 드시고는 밥알 한 톨 남김없이 비워낸 밥공기 밑에 현금 300코루나(CZK)와 오페라 초대권 두 장을 슬쩍 끼워 넣고 가셨다. 해국이 그 티켓을 발견했을 때는 이미 아저씨가 시야에서 완전히 사라진 후였다.

"공연 보러 가시게요?"

영문을 모르는 나준은 상기된 목소리로 물었고,

"그게… 비드라 아저씨가 두고 가셨어."

해국은 곰곰한 생각을 멈추느라 반 박자 늦은 대답을 건넸다.

"비드라 아저씨라면, 아까 첼로 가방을 메고 오셨던 열쇠집 그분 아녜요?"

"응, 맞아. 화약탑 맞은편에 있는 히베르니아 극장 있잖아. 요즘은 거기에서 공연하시거든."

"낮에는 쇳가루 날리는 열쇠 가게에서 일하고, 저녁에는 관중들 앞에서 첼로를 켜고… 캬~ 그분, 수염만 근사한 줄 알았더니 삶 자체가 예술이네요."

"반했냐?"

"같은 남자가 봐도 멋있잖아요."

"그러다 너, 열쇠 기술까지 배우겠다? 잘하면 첼로도 켜겠는데?"

"하려고 들면 못할 것도 없죠. 하핫."

"좋겠다."

"또 놀리시는 거죠?"

"진심인데? 처음 봤을 때부터 그랬다. 다짜고짜 일 시켜달라고 쳐들어오는 배짱 하며, 사는 게 즐겁다면서 매사에 싱글벙글~ 대체 그런 적극성은 어디서 나오는 건지……. 놀리는 거 아니고, 그런 네가 난 참 부럽다는 말을 하고 있는 거다. 알겠냐?"

"그럼 사장님도 저처럼 살면 되잖아요."

"으이그~ 하나준. 단순해서 좋다."

"복잡하면 될 일도 안 된다니까요. 그냥 마음 가는 대로 하세요."

"뭘?"

"Do whatever you want. 그건 사장님 자신에게 물어보셔야죠. 제가 그런 것까지 알려 드려야 합니까?"

"쓰읍. 넌 다 좋은데 측은지심이 부족한 것 같다."

"어려운 말 쓰면 제가 못 알아 들을 줄 알죠? 해외 교민은 고사성어를 모를 거라고 생각하는 것도 다 편견이에요."

"어헛. 내가 그렇게 생각할 거라고 생각하는 것도 편견이다, 너?"

"그런가. 아무튼. 본디 측은지심이라 함은 강자가 약자에게

베푸는 거 아닙니까? 직원이 사장에게 가질 마음은 아니라고 요."

"왜 아냐? 이것 봐! 인류애가 없잖아~ 인간은 말이다. 누구나 불쌍한 존재란 말이지. 계급이 높든 낮든. 돈이 많든 적든. 학식이 있든 없든. 모든 인간은 하나같이 측은한 거라고."

"엇! 저기, 수빈 누나다!"

"어디?"

"아…닌가?! 잘못 봤나. 하핫. 하하핫."

"이실직고해라~ 하나준 너, 고의로 그랬지?"

"아니, 그러니까요. 자꾸 논점을 흐리지 마시고 눈앞에 있는 현실부터 직시하시라… 뭐, 그런 뜻으로 그런 거죠. 자, 보세요. 당장 이 티켓요. 이거 어쩌실 겁니까?"

해국은 자신의 손에 들어온 두 장의 표를 번갈아 들여다본다. 비드라에게서 받은 반가운 선물을 앞에 두고도 이런저런 생각이 많아지는 건, 마지막으로 본 그녀의 표정이 밝지만은 않았기 때문이다. 며칠 전, 데이비츠카 공원에서 그녀는 어떤 기분을 느꼈던 걸까. 해국은 아무리 궁리를 해보아도 알 길이 없다. 그저, 그날 수빈과 나란히 서서 바라보았던 아름다운 석양을 다시 한번 떠올려볼 뿐이다.

"나 즈드라비~!"

중앙의 6인석 테이블을 꽉 채운 손님들이 맥주잔을 높이 들어 올렸다. 체코말인 Na Zdravi는 '위하여', '치얼스 Cheers'와 같은 건배사인데, 가게에 있다 보면 하루에도 몇 번씩 심심찮게 듣게 되는 말이라, 해국은 줄곧 일상적으로 흘려버리곤 했다. 그런데 오늘따라 이 흔한 말이 새삼스럽게 다가온다. 나 즈드라비⋯ 괜찮다고, 별일 없을 거라고, 약해지지 말고 희망의 잔을 높이 들어 올리라고⋯⋯. 움츠러든 해국의 가슴을 명징하게 두드린다. 이구동성으로 '나 즈드라비'를 부르짖는 목소리들이 해국에게 힘을 실어주는 것만 같다.

해국은 그 다섯 글자가 만들어낸 공명을 느끼며 근래에 품은 격언을 속으로 침착히 되뇌어본다. '우리가 한때 즐겁게 했던 일들은 결코 사라지지 않는다. 우리가 깊이 사랑하는 모든 것들은 우리의 일부분이 된다'라는 내용인데, 미국의 작가이자 사회운동가였던 헬렌 켈러가 남긴 말이다. 어려서 심히 열병을 앓았던 그녀는 볼 수도 들을 수도 없었기에 언어를 배울 수조차 없었지만, 사랑을 믿었다. 미움과 원망, 좌절과 분노가 아니었다. 사랑⋯이었다. 불운했던 헬렌 켈러가 왜 사랑에 가치를 두었는지, 왜 사랑은 영원하다고 하였는지, 해국은 어머니를 잃고 나서야 그 말의 참된 의미를 알게 되었다. 헬렌의 말이 맞다. 우리가 한때 즐겁게 했던 일들은 결코 사라지지 않는다. 우리가 깊이 사랑하는 모든 것들은 우리의 일부분이 된다. 설혹 수빈과의 시간도 지나간 여느 인연들처럼 한때의 즐거움으로 끝나버릴지라도, 지금은 후일을 염려할 때가 아니다. 오늘 해국이 해야 할 일은 오직 깊이 사랑하는 것. 후회도 근심도 미련도, 사랑을 앞지를 수는 없다. 사랑이 먼저다.

# 17. 씨실과 날실

나준은 오랜만에 어머니의 재봉틀 앞에 서 있다. 군데군데 칠이 벗겨지고 얼룩이 묻어서 고유의 색을 가늠하기 어려운 옛 물건 옆으로 네모반듯한 반짇고리함도 보인다. 색색의 실타래와 키가 다른 바늘들이 가지런히 꽂혀 있고, 비슷한 듯 제각각인 단추들도 여럿 담겨 있다. 그 뒤로 넓게 펼쳐져 있는 담청색 천들과 쇠 가위가 나준의 시야에 들어올 즈음, 등 뒤에서 친근한 인기척이 들려온다.

"어흠흠."

"아버지!"

"여기에 있었구나."

타원형 안경테에 반소매 피케 셔츠 차림을 한 중년의 신사가 나준을 흐뭇하게 지켜본다.

"이 천은 다 뭐예요?"

"허허. 뭐겠니. 네 엄마 손은 도통 쉬질 않아. 글쎄, 이번엔 말이다… 아, 그렇지. 한번 맞혀 볼래?"

나준은 히죽 웃음이 난다. 어머니의 작업대에서 당신의 일인
양 신이 난 아버지의 모습을 본다면, 누구라도 비슷한 반응을
보일 것이다.

"옷감이나 테이블보 재질은 아닌 것 같고. 으음~"

"커튼! 이번엔 커튼이다."

"어쩐지."

짧은 대답 뒤에 피어오르는 상상이 나준을 에워싼다. 작업대
에 펼쳐진 커다란 천이 어머니의 손끝에서 그럴싸한 커튼으로
완성되는 과정을 머릿속으로 그리느라 나준은 잠시 말을 잊었
다.

"여기 가져다 놓은 이 담청색 천은 조만간 네 방에 달릴 거란
다."

"제 방이요? 저도 없는데 뭐 하러 제 방까지……."

"쉿! 엄마 앞에선 그런 말은 하면 안 되는 거 알지?"

"흐흣. 그럼요. 걱정 마세요."

파벨 네드베드(Pavel Nedved). 나준을 보며 푸근하게 웃는
중년의 체코 신사. 그의 이름은 '파벨'이다. 나준은 이집에 온
여섯 살 그해부터 그를 따띠(Tati, 아빠)라 불렀다. 파벨은 나준
이 불러주는 그 소리를 한 번이라도 더 듣고 싶어서, 일이 끝나

면 득달같이 집으로 달려오곤 했다. 그렇게 두 사람은 아빠와 아들, 따띠(Tati)와 씬(Syn)이 되었다. 처음 만났을 때만 해도 코흘리개였던 아이가 어엿한 스물한 살이 되었으니, 파벨과 나준이 부자지간으로 쌓아온 세월도 어느덧 15년이다.

"뭘? 무슨 걱정?"

마침내 이 방의 주인이 나타났다. 부엌에서 저녁밥을 짓고 있던 어머니가 요리를 끝내고, 두 사람을 부르러 온 것이다.

"깜짝이야! 당신, 언제부터 거기 있었어?"

아버지는 괜히 더 놀라는 척 익살스러운 표정을 짓는다.

"아, 배고파~ 엄마! 오늘 저녁은 뭐예요?"

나준은 어머니의 작은 어깨를 부드럽게 감싸안는다. 그러고는 함께 방을 빠져나간다. 아버지도 그 뒤를 따라 천천히 걸음을 옮긴다. 아트 월이 있는 복도를 지나, 나선형으로 된 목재 계단을 지나, 김이 모락모락 나는 식탁 앞에 다다른 세 식구. 어머니는 분주히 식기를 꺼내고 아버지는 그 곁을 서성이며 충실한 조수가 된다.

"자! 오늘 메인 디쉬는 꼴레노로 준비했습니다~"

어머니가 조리대에서 가장 가까운 의자에 앉으며 말했다.

"꼴레노에는 막걸리가 제격이지. 가만, 두어 병 남은 게 어디에 있을 텐데."

아버지는 술래를 자청했다. 보물찾기 놀이의 술래가 된 것 마냥 기대에 부푼 얼굴로 냉장고의 문을 열어본다. 그 사이, 어머니는 나준의 앞접시에 꼴레노 한 덩이를 올린다. 개중에 제일 먹음직한 것을 골라 덜어주셨고, 나준은 그 마음을 잘 알기에 받자마자 한 점을 크게 썰어 입에 가득히 넣는다. 오래 익혀 부드러운 고기의 식감과 풍부한 육즙과 어머니의 지극한 사랑이 나준의 양 볼에 빵빵하게 들어찬다.

"역시. 꼴레노는 엄마가 한 게 최고로 맛있어요."

나준이 입에 든 음식을 오물거리며 찬사를 보낸다.

"우리 아들, 사회생활 하더니 립서비스가 늘었네? 엄마 기분 좋으라고 하는 소리지?"

어머니는 의심스러운 눈초리로 물었지만, 입가에는 숨길 수 없는 미소가 고였다.

"아녜요. 진짜라니까요. 그렇죠, 아빠?"

나준과 파벨이 은근하게 눈빛을 교환한다.

"어, 그럼~ 밖에서 사 먹는 맛에 비할 수가 있나. 아우~ 맛있다! 맛있는 정도가 아니라, 아주 환상적이라니까."

보물찾기에 성공한 파벨은 부랴부랴 칼질을 하며 고기 한

점을 얼른 입에 넣는다. 아버지의 먹는 모습을 가만히 지켜보던 어머니는,

"당신은 꼴레노가 맛있다는 거예요, 막걸리가 맛있다는 거예요?"

하고, 콕 짚어서 물었다.

"그야 당연히… 둘 다지! 크하하~"

아버지의 호탕한 웃음소리가 세 식구의 단란한 저녁 식탁을 더욱 맛깔나게 장식했다. 나준이 가장 사랑하는 시간이다. 소중한 사람들이 곁에 있고, 작지만 확실한 일상이 머무르고, 따뜻한 음식들이 허기를 달래준다.

나준은 입양된 그해부터 한식과 체코식의 경계를 허물었다. 체코식 고기 요리에 김치를 얹어 먹거나, 한국식 찌개 요리에 빵을 곁들여 먹는 식단에 입맛이 길들여져 있다. 그중에서도 꼴레노Koleno는 돼지의 무릎 부위로 만드는 체코의 전통 음식인데, 맛은 다르지만 비주얼적으로는 한국의 족발을 연상케 한다. 흑맥주와 허브에 오래 절여 향이 깊고, 불에 구워 껍질이 바삭한 것이 꼴레노의 킬링 포인트라고, 나준은 생각한다.

"참! 오늘은 아들의 사회생활 얘기 좀 들어볼까?"

아버지가 냉장고 한 귀퉁이에서 찾아낸 시원한 막걸리를 잔

마다 조금씩 따라 부으며 대화에 활기를 불어넣는다.

"맞아. 엄마도 궁금해. 가게 이름이 마민카Maminka라고 했나?"

어머니는 아예 수저를 내려놓으며 대화에 빠져들었다.

"네. 올드타운에 있는 한식당인데요. 사장님이 젊어서 그런지 분위기가 식당 같지 않고, 인테리어가 무슨 카페 같아요. 손님들 반응도 좋고, 일도 재밌고, 얼마 안 되지만 돈 버는 경험도 해보고… 덕분에 저의 세계가 확장되는 기분이 들어서 좋아요."

나준이 두 눈을 반짝이며 말했다. 부모님은 그런 나준을 유심히 살핀다. 물론, 나준도 알고 있다. 겉으로는 티를 내지 않아도, 두 분 다 내심 얼마나 근심하고 계실지 짐작이 가니까. 의대 공부를 중단하고 별안간 식당 종업원이 된 아들이다. 그럼에도 부모님은 싫은 내색 한 번을 하지 않았다. 본인들의 노파심을 내비치지도, 격한 말로 나준을 다그치지도 않았다. 다만, 이런 말들을 건넬 뿐이다.

"그래. 세상을 아는 것도 중요하지. 우리는 언제나 너의 선택을 존중한단다. 하지만 더 솔직하게 말하면… 너를 믿는 마음과는 별개로 부모는 늘 불안해. 그렇지만 네가 우리의 술렁이는 마음까지 알아야 한다고 생각하지는 않는다. 다 큰 자식이 있는 부모에게 남은 숙제는 결국 그거더구나. 불안하지만 믿어 주는 일. 험한 세상에 대한 막연한 불안을 껴안고 있으면서도 독립한 자식을 지지하고 응원하고 믿어주는 일 말이다. 그렇지, 여보?"

아버지가 말했고, 어머니는 조용히 고개를 끄덕였다. 언제나 그랬다. 어린 나준이 학교에서 이름 때문에 놀림을 받고 왔을 때에도 아버지는 자신의 목소리를 내기 이전에 나준의 속마음에 먼저 귀를 기울였다. 분이 풀릴 때까지 쏟아내는 말들을 잠자코 다 들어준 후에야 "그래. 그랬구나. 참 속상했겠다. 사실은 너에게도 아빠의 성을 따서 마르틴 네드베드나 다니엘 네드베드와 같은 이름을 지어주려 했단다. 하지만 엄마와 충분히 상의한 끝에 그러지 않기로 했지. 엄마도. 너도. 모국이 한국이니까, 다른 건 몰라도 이름만큼은 '하설주'인 엄마의 성 씨를 따라서 '하나준'으로 짓는 게 낫겠다고 생각했거든." 과 같은 말들로 다독이곤 하셨다. 늘 그러셨다. 피 한 방울 섞이지 않은 아이를 데려와 평생을 주기만 하셨다. 울타리를 주고, 믿음을 주고, 끝없는 사랑을 주신다. 한데 그럴수록 빌어먹을 자격지심이 훼방을 놓는다. 어느 날 갑자기 누군가 들이닥쳐 그것은 네 것이 아니라고 삿대질을 할까 봐. 어디선가 두 분의 진짜 아들이 나타나 근본도 없는 놈이 과분한 걸 누리며 산다고 비아냥거릴까 봐 겁이 났다. 자취도, 휴학도, 식당 일도 그런 이유에서 비롯되었다. 운 좋은 입양아,라는 프레임을 벗어버리고 이제라도 진정한 나,를 찾아가는 여정을 시작하려던 것인데… 길을 찾아 걸을수록 선명해지는 건 자아도 본질도 정체성도 아니었다. 씨실과 날실이었다.


"나준아."

"네, 엄마."

"이리 와 봐. 여기 와서 앉아 봐."

몇 해 전 그날은 여름을 보낸 지 보름도 채 되지 않은 시점이었다. 꼬리가 긴 한낮의 더위와 성미가 급한 한밤의 냉기가 힘겨루기를 하는, 계절의 환승을 지켜보고 있을 때, 어머니가 나준을 불러 앉혔다.

"마사지? 어깨 주물러 드려요?"

고된 집안일로 신음하는 어머니가 나준은 늘 염려스럽다.

"말은 고맙지만 용건은 그게 아니란다. 잠깐 눈 좀 감아 볼래?"

무언가 재밌는 걸 숨기고 있을 때의 어머니는 십 대 소녀처럼 수줍다.

"뭐예요? 서프라이즈?"

나준은 가능한 한 가장 크고 동그란 눈을 만들어 어머니를 바라보았다.

"군소리 말고 눈 좀 감아 보세요. 어서! 응?"

어머니는 다짜고짜 눈을 감으라고 하셨다. 나준은 난색을 표하면서도 이내 못 이기는 척 순순히 그녀의 말을 따랐다.

"흠. 알겠어요."

"그리고 손!"

자신의 손바닥을 먼저 펼쳐 보이며 나준의 손을 기다리는 어머니. 나준은 그 순간을 깊이 저장해두고 싶어서 음소거 모드로 잠깐 멈칫한다.

"엄마, 혹시 어디서 개구리라도 잡아 오신 거 아니죠? 그런 거면 저 진짜!"

나준은 어려서부터 그랬다. 덩치 큰 동물들은 곧잘 만지면서 몸집이 작은 곤충들을 보면 소스라치게 놀라곤 했다.

"으이그~ 엉뚱한 하나준 군. 상상은 자유지만 실눈은 안 된다! 눈 제대로 감았지? 자, 그럼 하나, 두울~ 짜잔!"

"이건… 스웨터네요?"

"어때? 엄마표 개구리 색 스웨터가 완성됐습니다. 흐음. 아예 개구리를 잡아 올 걸 그랬나~? 아들 펄쩍 뛰는 것 좀 보게."

기뻐야 하는 건 선물을 받는 나준인데, 겉보기에는 수고를 한 어머니가 몇 배는 더 행복해 보였다.

"엄마도 참."

"어디 보자. 어깨선도 맞고, 길이감도 이만하면 충분하고! 올 겨울에 입으면 딱이겠다."

어머니는 자신이 만든 스웨터를 나준의 몸에 딱 붙인 채로 이리저리 살피며 뿌듯해 하셨다.

"그런데요, 엄마. 겨울은 아직 멀었잖아요. 그런데 왜……."

나준은 궁금한 마음을 누르지 못하고 고개를 갸웃했다.

"그런데 왜 벌써 이 수선을 떠느냐, 그 말이지?"

"아뇨. 수선이 아니라, 수고요. 더위도 다 가시지 않았는데 뙤약볕 아래에서 허구한 날 털실을 만지고 계셨을 걸 생각하니까, 제 손에서 땀이 나는 것 같다고요."

나준은 손을 쥐었다 폈다 하는 시늉을 하며 어머니의 시간을 마음에 그렸다.

"그러면 좀 어떻니. 땀 좀 흘리면 어때. 모든 귀한 것들에는 그만큼의 수고가 깃든단다. 이 정도 수고로움도 없이 거저 얻어지는 건 세상천지 어디에도 없는 거야."

어머니가 의미심장한 말들을 쏟아내는 동안, 나준의 머리칼은 귓바퀴 뒤로 쓸어 넘겨지고 있었다. 밥을 짓고, 빨래를 하고, 스웨터를 뜨던 그녀의 손, 그 감촉이 따뜻하다.

"물론 그렇겠지만."

"너도 알다시피 체코 날씨는 말만 사계절이지~ 체감온도로 보면 겨울이 반이잖니. 이렇게 날이 좋다가도 하루아침에 돌변하기 십상이니까 귀한 내 자식 얼게 놔두지 않으려면 미리 월동 준비를 해야지요. 흐음~ 어디 다시 한번 볼까. 아이고, 옷이 날개다."

어머니는 자신의 상체보다 큰 스웨터를 나준의 몸에 갖다 대고선 연신 흡족한 표정을 지으셨다. 나준은 그 얼굴이 좋았다. 그녀의 얼굴을 마주보고 있는 그 시간, 그 공간, 그 온기가 좋았다. 포근했다. 스웨터가 아니라, 스웨터를 짜면서 자신을 생각했을 어머니의 성심이 포근하고 따듯했다.

"고맙습니다."

"별말씀을요. 엄마가 더 고맙지~ 나준아, 하나준!"

"네, 엄마."

"엄마가 전에 말했지? 우리는 모두가 한 가닥의 실이란다. 날실을 기다리는 씨실이거나 씨실을 기다리는 날실인 거지."

만난다. 사람을 만난다. 닿는다. 눈길이 닿는다. 스친다. 옷깃이 스친다. 본다. 다시 본다. 곁눈으로 보고, 멀찍이 보다가, 이윽고 마주 본다. 들인다. 마음에 들인다. 맺는다. 인연을… 맺는다. 사람이 사람을 만나 연을 맺는다는 건, 말하자면 그런 것. 씨실과 날실 같은 것. 나준의 어머니는 늘 말씀하셨다. 우리는 모두가 한 가닥의 실이라고. 날실을 기다리는 씨실이거나 씨실을 기다리는 날실이라고. 가로로 놓인 씨실과 세로로 놓은 날실을 엮어 한 장의 천을 짜듯이 사람도 사람을 만나야 비로소 완성되는 거라고 말이다.

"그럼… 엄마가 씨실이면 저는 날실이네요."

"맞아. 그런 거야. 날실이 있어야 씨실도 있단다. 사람 관계도 그렇지. 함께 있어야 더 빛나는 사람들이 있잖니."

"우리처럼요?"

"그래. 우리처럼. 다른 가족은 피로 맺어지지만 우리는 실로 연결된 거야. 피도 뜨겁지만 실도 참 따뜻하지? 손끝으로 살포시 만지작거리면 보들보들한 촉감이 얼마나 좋은지, 꼭 아들 처음 만났을 때 같아. 그날 우리집 앞뜰에 뽀얗게 내려앉은 햇

살이 어찌나 따사롭던지. 엄마는 그날만 생각하면 마음이 그득
차. 실 구멍 하나 없이 속이 촘촘해져서⋯ 감사해. 그냥 다 감사
해."

　그 이후로도 어머니는 틈만 나면 실을 엮곤 하셨다. 실과 실
을 이어서 식구들의 옷을 짜고, 식탁보를 짜고, 소파 덮개를 짰
다. 손이 부르트도록 뜨개질을 하고 재봉틀을 돌렸다. 돌이켜
보면 그것은 기도였다. 크리스천이 성경을 읽고, 불교 신자가
염주를 돌리는 것처럼, 나준의 어머니는 틈만 나면 실을 만졌
다. 피는 바꿀 수가 없으니 실을 엮었던 것이다. 그것은 온통
기도였다. 가족이, 계속 가족이길 바라는 한 여자의 기도문은
그렇게 실로 새겨졌다.

# 18. 쿠르브부아 생활일지

"우와, 굉장한데. 이렇게나 엄청나다고?"

으리으리한 에투알 개선문을 껴안은 초대형 회전교차로 한 귀퉁이에서 단비가 방방 뛰며 환호한다. 그런 그녀와 5미터 가량 떨어져 있는 지호는 한쪽 눈으로 뷰파인더를 지그시 보다가 잠시 카메라를 아래로 내린다.

"잠시만 가만히 있어 봐. 흔들려서 초점을 제대로 잡을 수가 없잖아."

반짝이는 정오의 햇살 속에서 단비가 흔들거린다. 나비처럼, 자유롭게.

"뭐 어때. 좀 흔들려도 괜찮아. It's alright to not be perfect! 난 말이야. 흠잡을 데 없이 완벽한 사진보다는 약간 흐트러진 B컷이 좋더라고."

굽이 낮은 플랫슈즈. 발목선에 세로로 트임이 있는 데님 팬츠. 움직일 때마다 배꼽이 보일락 말락 숨바꼭질을 하는 크롭 티를 맵시 있게 소화한 단비. 어깨에 숄처럼 두른 라벤더색 카디건으로 체온 관리를 하려는 센스까지 고루 갖춘 그녀가 사진에 관해서는 그렇지 않은 것, 적당히 허술하게 찍힌 것을 선호한다고 말하는 부분에서 지호는 묘한 호기심이 생겼다.

"어째서?"

"재밌잖아. 생동감 있고, 자연스럽잖아. 그림이 아니라 사진이니까. 꾸며 낼 수 없는 날것 그대로의 순간 같아서?"

"그럴싸한데. 음……."

지호는 무슨 말인가 더 하려다 말고, 그냥 본다. 보면서 연상한다. '자유'를 의인화하면 아마도 이런 모습일 거라고. 단비 같은 그림체일 거라고. 그녀를 보면서 자유로움에 관한 정의를 다시 세운다. 그런데 이 사람. 백단비라는 여자. 원래부터 이런 모습이었던가. 아닌데. 처음부터 이런 분위기는 아니었던 것 같은데, 하며 지호는 차분히 시간의 태엽을 되감는다. 그러자 불현듯 떠오르는 장면들이 있다. 눈이 하얗게 쏟아지던 그 겨울에 프라하, 마민카식당, 오붓한 식사, 그 속에서 함께했던 사람들이 일제히 어른거린다. 해국과 수빈과 단비… 단비… 그날의 단비를, 오늘의 단비 옆에 나란히 세워 본다.

"의외다."

회상을 거둔 지호가 말했다. 단 세 글자에 여러 감정을 실어서.

"무슨 뜻이야?"

단비는 알고 싶다. 추측이나 느낌이 아닌 그의 진짜 속엣말을 듣고 싶다.

"말 그대로야. 딱 떨어지는 것. 애매하지 않은 것. 매사에 분명하고 확실한 걸 좋아할 것 같은 네가 빈틈 있는 사진을 취향이라고 하니까 의외라고."

지호는 부연 설명을 마쳤고, 단비는 들은 말을 느긋이 곱씹으며 소화 시키는 중이다. 의외라는 그의 말은… 반은 맞고 반은 틀렸다. 대체로 호불호가 강한 편이긴 하나, 그렇다고 확실한 것만 추구하는 건 아니다. 그 사실을 뒷받침하는 대표적인 예가 바로 유지호다. 딱 떨어지는 것. 애매하지 않은 것. 매사에 분명하고 확실한 것만 선호하는 타입은 유지호처럼 불확실한 것 투성이인 남자를 마음에 둘 리가 없으니까.

"백단비! 내 말 들었어?"

"어? 응. 들었지, 그럼. 근데 말이야. 대체 나에 대해서 아는 게 뭐야? 유지호 감 없는 거 대강 알고는 있었지만 이 정도인 줄은 몰랐다, 진짜."

"뭐래~ 나 감 완전 좋거든."

"네네. 도브리 작가님. 어련하시겠어요~"

Tiqui Taca. 스페인어인 티키타카는 탁구공이 왔다 갔다 하는 모습을 뜻하는 말이다. 공으로 하는 스포츠에서 선수들이 패스를 빠르게 척척 주고받을 때, 티키타카 전술이 좋다고 말한 데에서 유래한 것인데 지호와 단비의 티키타카는 시시덕대는 대화에서 가장 잘 드러난다.

"아무튼 난, 어딘가 정형화되지 않은 사진에 더 끌리는 것 같아. 흔들리면 흔들린 대로. 어설프면 어설픈 대로. 사람이든 사물이든 있는 그대로 본연의 모먼트, 그것만큼 아름다운 피사체가 또 있나? 있을까?"

단비가 양손의 엄지와 검지를 붙여 네모를 만든다. 네 개의 손가락으로 만든 작은 액자 속에 지호를 들여놓으며 아름다운 피사체를 운운했고,

"오케이, 입력!"

지호는 대단한 결심이라도 품은 사람처럼 세상 씩씩하게, 마치 추임새를 넣듯 말했다.

"입력하다니, 뭘?"

"고객님 취향이 그러시다면 원하는 대로 찍어드려야지. 주문과 동시에 접수 완료. 기대해!"

기대하라는 지호의 말이 되려 단비를 불안하게 만들었다. 상냥한 말투와 대치되는 그의 익살스러운 눈초리도 미심쩍다.

"뭐지? 그 눈빛, 몹시 수상한데."

"뭐가~ 기대하라니까. 음음!"

의뭉스러운 헛기침으로 넌지시 분위기를 잡은 지호는 다음과 같은 말을 덧붙인다.

"자, 구도 버리고, 빛도 과감히 날리고, 각도는 당연히 무시하고……."

지호가 놀리듯 건성으로 말하자,

"야! 유지호~"

단비는 반사적으로 공격 태세를 취하는데.

"야~? 또 야,라고 했지? 됐다. 나 안 찍어."

"아니~이. 내 말은. 자연스러운 게 좋댔지, 어? 누가, 어? 막 찍는 게 좋댔냐…요!"

"냐,요? 이거 봐. 아무 말에나 '요'만 붙이면 다 말이냐. 하휴…참."

"엇, 웃었다! 이런 상황에서 웃으면 어떻게 되는지 알지? 게임 종료. 백기 든 거다, 지금? 어?"

둘만의 세상이다. 시공간이 오직 한 사람으로만 채워지는 기묘한 세상. 지호는 단비로 가득 차고, 단비는 지호로 물들었다. 여기가 파리 시내라는 것도, 으리으리한 개선문이 지척에 있다는 것도 모두 까맣게 잊은 채로.

"백단비, 진짜… 나도 나지만 너도 참 너다."

"내가 왜? 하핫. 받아들여, 그냥~ 있는 그.대.로! 그럼 쉽잖아?"

하얀 이를 훤히 드러내며 정오의 햇살처럼 웃는 단비. 그녀가 몸을 시계추처럼 이리저리 흔들 때마다 등 뒤에 펼쳐진 배경도 따라 움직인다. 샤를 드 골 광장 한복판에 늠름하게 서 있는 개선문이 머리만 빼꼼 보였다가 전체로 나타나고, 나타났나 싶으면 거듭 사라지기를 반복한다.

"넌 좋겠다."

지호가 단비를 물끄러미 보며 말했고,

"무슨 말이 하고 싶으실까?"

단비는 귀를 쫑긋 세우며 물었다.

"방금 네가 말한 것 같은데? 있는 그대로 받아들이라고. 나도 말한 그대로야. 좋겠다고, 그렇게 살면. 갈수록 단순해지기가 힘든 세상이잖아. 그런데 넌 참… 거침이 없어. 첨엔 겁이 없어서 그런 건 줄 알았는데 가만 보니 그것만은 아닌 것 같다."

"그럼?"

"이미 네가 너를 너무 잘 알아서. 군더더기 없이 뚜렷해서 그런 거 아닌가. 그래서…"

"그래서?"

"부럽다고. 그러니까 지금 난, 백단비의 단순한 열정이 부럽다는 말을 정성껏 하고 있는 거지. 이해했어?"

프랑스 작가인 아니 에르노가 발표한 작품 중에도 그런 제목이 있다.『Passion Simple』. 단비가 그 책을 읽었을 때는 학교 도서관을 문턱이 닳도록 드나들 때였다. 일 년간의 재수 생활을 마치고 어렵사리 들어간 수도권 대학이었고, 학점에 맞춰 선택한 곳이 체코·슬로바키아어과였다. 거시적인 비전 같은 건 없지만 단기 목표는 확실했다. 성적 장학금을 타는 것. 그리하여 학비에 들일 돈으로 어학연수를 떠나는 것. 그러기 위해서는 캠퍼스의 낭만 따위 싹 다 반납해 버리고 자발적 수험생 모드로 돌아가야 했다. 전공 서적이 휴지 조각처럼 너덜너덜해질 때까지 공부하다가, 불쑥 억울한 기분이 들면 자리를 박차고 일어나 아무 책장이나 기웃거리곤 했는데. 그러던 중에 아니 에르노를 만났다. 소설은 쓰지만 허구는 쓰지 않는다는 작가.『단순한 열정』은 그녀의 실제 연애담을 다룬 이야기였다. 그것도 아주 지독한, 이렇게까지 솔직해도 되나 싶을 만큼 내밀하게 드러낸 사랑의 서사였다. 사랑이 어떤 결말을 가져오든 기꺼이 쏟아낼 준비가 되어있는 단순한 열정이었다. 물론 지호가 말한 그것은 단비가 떠올리는 그것과는 전혀 다른 의미겠지만.

"그러니까 방금 그 말의 요지는, 오빠 너의 눈엔 내가 단순해 보인단 말이지? 그래? 흐음, 안 되겠네 이거. 어디 한번 복~잡하게 만들어 줘? 당장이라도 모드 전환 가능한데 괜찮겠어?"

단비가 눈에 힘을 주며 말했다.

"와~ 저기 좀 봐. 보여? 저기가 바로 샹젤리제 거리라고."

"샹젤리제면 뭐? 왜 말을 돌려?"

"어허~ 자꾸 깜빡깜빡하나 본데, 여기에 온 이상, 너의 본분은 관광객이야. 관광객이 관광은 안 하고 무슨 말이 그렇게 많냐? 따라와! 이제부터 진짜 파리를 보여줄게."

지호는 서둘러 카메라를 가방에 집어넣었고, 홀가분해진 손으로 단비의 손목을 가볍게 잡아챘다.

"어디로 가려고?"

단비가 지호에게 붙들린 손목을 힐끗 쳐다보며 물었다.

"저 개선문 말이야. 좀 더 가까이에서 보고 싶지 않아?"

"그렇긴 한데, 여긴 횡단보도가 없잖아."

난감한 표정을 짓는 건 단비만이 아니었다. 회전교차로의 가장자리 곳곳에서 개선문을 올려다보며 탄성을 지르던 사람들의 시선이 이제는 건널목을 찾아 방황하고 있으니까.

"비밀 통로가 있지! 나만 믿어."

지호는 자신 있게 이끌었고, 단비도 기꺼이 따라 걸었다. 둘이서 나란히 걷다가 들어선 곳은 어느 지하도였다. 노란 조명이 켜진 은밀한 통로 같은 그곳을 빠져나와 다시 지상으로 올라섰을 때에는 개선문이 바로 머리 위에 있었다. 샤를 드 골 Charles de Gaulle 광장은 멀리서 볼 때도 훌륭했지만, 근접 거리에서 뿜어내는 존재감과 정교함은 가히 압도적이었다. 두 사람은 한동안 넋을 놓고 바라보다가 "파리에서 에투알 개선문만큼 남성적인 건축물은 없을 거야. 그렇지?" 라든가 "참, 에투알 개선문의 에투알이 무슨 뜻인지 알아? Etoilé은 프랑스어로 '별'이라는 뜻이래. 여기 광장에서 방사형으로 뻗은 도로가 모두 열두 개인데, 멀리서 보면 그 모습이 마치 별의 형상을 닮았다고 해서, 예전에는 '샤를 드 골 광장'이 아니라 '에투알 광장'으로 불렸대"와 같은 말들을 쉴 새 없이 주고받았다. 이후에도 담소는 계속 이어졌고, 꽤 시간을 보냈음에도 날은 여전히 환했다. 걷고, 말하고, 웃고, 들어주다가 나란히 같은 곳을 바라보며 비슷한 것을 느낀 하루였다. 집에 돌아오는 길에 단비는 종이 용기에 든 피스타치오 아이스크림 두 개와 500mL 맥주 두 캔이 담긴 비닐봉지를 앞뒤로 흔들며 아주 작게 속삭였다. "이거면 됐어. 충분해. 이만큼도 감사해."

다음 날은 아침부터 비가 왔다.

신선하고 비릿한 하늘의 물기가 쿠르브부아에 있는 지호의 아파트까지 스며들었다. 알람이 울려도 몇 번은 울렸을 텐데 그에 관해선 어떤 것도 기억나지 않는다. 단비가 기억나지 않는 건 비단 그것뿐만이 아니다. 잠에서 깨어나 보니 지호가 없다. 거실벽 한편에 가지런히 개어져 있는 차콜색 차렵이불이 그의 부재를 말해준다.

"으끄끄~ 잘 잤다!"

침대에서 몸을 일으킨 단비가 앉은 자리에서 양팔을 위로 쭉 뻗어 기지개를 켜는데, 곧이어 레이온 소재의 잠옷이 손목에서 팔꿈치까지 스르륵 흘러내린다. 내친김에 목 뒤에서 손깍지를 끼고 간단한 스트레칭으로 몸을 이리저리 늘어뜨리다가,

"오빠! 유지호? 으음… 아침부터 어디 간 거지? 말도 없이."

하며, 잠긴 목으로 혼잣말을 한다. 혼자라니. 지호도 없이, 지호가 사는 아파트에서 혼자서 눈을 뜨다니. 왜일까. 오늘에서야 이 모든 게 이질적으로 다가온다. 얼마나 무모한 행동을 저질렀는지. 얼마나 상대를 곤란하게 만들고 있는지도. 이제야 피부로 와 닿는다. 그래서일까. 창밖에 내리는 비가 오늘따라 허투루 보이지 않는다. 꼭 하늘에서 단비에게 콰르르 찬물을 끼얹는 것만 같아서. 생각이 거기까지 미치자, 보기 싫어졌다. 창밖의 비도. 어둑한 아침에 마주한 불편한 진실도.

단비는 매트리스 밖으로 두 다리를 꺼내어 슬리퍼를 신는다. 지호가 집 근처 마트에서 사다 준 미끄럼방지 실내화다. 발등 중앙에 자그마하게 수놓아진 고양이를 보면서 창가로 걸어간다. 추적추적 내리는 비를 의식적으로 외면하며 커튼을 친다. 다시, 밤이 찾아왔다. 단비는 눅눅한 어둠 속에서 지호를 기다린다. 아니, 실은 지호를 기다려야 할지 기다리지 말아야 할지, 그것에 대한 스스로의 선택을 기다리는 것일지도.


"단비야. 백단비."


여긴 꿈인가. 꿈을 꾸고 있나… 단비는 자신이 어디에 있는

지 알고 싶다. 의식의 안쪽인 것 같기도 하고, 바깥인 것 같기도 하고, 그 사이 어디쯤에서 헤매고 있는 것 같기도 한데.

"왜 여기에서 자고 있어?"

지호다. 그의 목소리가 손에 닿을 듯이 가까이에 있다.

"으응, 왔어? 나 왜 여기에서 자고 있지."

겨우 실눈을 뜬 단비가 천천히 몸을 일으킨다. 거실 창가에 드리워진 암막 커튼 밑에서 지호가 오기만을 기다리다가 그대로 바닥에 쓰러져 잠이 든 모양이다.

"내가 묻고 싶은 말이야. 어우, 이 바닥 찬 것 좀 봐. 혹시 감기 든 거 아니야? 봐봐. 열은 없고?"

지호가 바닥을 짚었던 손을 허벅지 뒤쪽에다 쓱 한번 문지르더니 조심스럽게 단비의 이마로 가져간다. 밀착된 공간과 어색한 침묵 속에서 살이 닿았고, 잠이… 달아났다.

"아잇. 나, 갈래!"

단비가 지호의 손을 떼어내며 말했다. 밑도 끝도 없는 선전포고 같은 말을.

"가다니. 갑자기 어딜?"

"어디긴 어디야! 내가 있던 곳. 내가 있어야 할 곳이지."

창밖에는 여전히 비가 쏟아지고 있다. 커튼이 쳐져 있어서 눈에 담을 수는 없지만 퍼붓는 소리만으로도 느껴지는 기운이 있다. 후두둑 쏴아아. 후두두둑 쏴아아아. 본격적인 여름의 서막을 알리는 비장한 기운은 좀처럼 타협이 없다.

"한 달 있는다며. 그냥 던진 말이었어?"

지호의 눈빛이 흔들린다.

"그러고 싶었는데… 더는 안 되겠어."

단비는 어디에도 시선을 두지 못하고 애꿎은 눈만 깜빡이고 있다.

"왜? 왜 안 되는데?"

먼저 자리를 털고 일어난 지호가 차갑게 식어버린 표정으로 커튼을 열어젖히며 묻는다.

"뭘 그렇게 꼬치꼬치 캐묻냐! 오빠도 내가 가야 편하잖아. 아니야?"

빗물을 머금은 햇살이 열린 창틈으로 맑게 떨어진다. 지호에게 답을 건네던 단비는 눈이 부신지, 이마까지 들어 올린 팔로 차양을 만든다.

"여기 올 땐 뭐, 나 생각해서 온 거야? 그래?"

방금까지 창가에 서 있던 지호는 부엌으로 멀어져 간다. 그는 단비의 시선을 의식적으로 피하면서도 대화는 중단하지 않고 계속 이어간다.

"그건 아니지만."

당황한 단비는 적당한 말을 찾지 못해 뜸을 들이고,

"근데 뭘 물어! 알았어. 알겠는데. 가기 전에 나랑 어디 갈 데
가 있어. 그때까진 있을 수 있지?"

지호는 쫓기는 마음을 가라앉히며 말한다. 담담한 어조로 평
소처럼 여유 있게 내뱉고 싶었지만 단비에게도 그렇게 들릴지
는 알 수 없다.

"거기가 어딘데?"

단비가 물었다.

"있어."

지호는 말을 아낀다.

"그러니까 어디에 있냐고."

"아…무른 있어. 물어도 지금은 대답 안 해줄 거니까 그만 물
어봐."

단비가 더 이상 묻지 못하게 지호는 말끝에 온점을 찍어버
렸다. 그러고는 싱크대 하부장의 오른쪽 맨 끄트머리에 있는
서랍을 당긴다. 몸을 구부정히 숙여 안을 살펴더니 두 번째 칸
에서 무언가를 꺼내 들었다. 단단하게 만져지는 물체의 하얗고

파란 포장지를 벗겨내자 손바닥만 한 필터(filter)가 제 모습을 드러낸다. 지호는 그것을 손에 쥔 채로 개수대 옆에 올려둔 간이 정수기를 유심히 살피는 중이다.

"칫. 유지호 진짜 제멋대로야."

"내가? 네가 아니고?"

지호는 새 필터로 내린 식수를 한 컵 가득 따르며 담담히 되묻는다.

"몰라, 안 들려. 골냈더니 배고프다. 지금 몇 시야? 나 아직 한 끼도 못 먹었다고."

은근슬쩍 말을 돌리는 단비는 납작해진 복부를 어루만지며 지호가 있는 식탁으로 슬금슬금 다가간다.

"넌 지금 시간이 몇 신데! 후우~ 말을 말자."

"그 물, 다 마실 거 아니면 나도 좀 줘."

"물로 되겠어? 진짜 여태 아무것도 안 먹은 거야, 너?"

단비가 싱긋 웃는다. 좀 전의 어색한 상황이 멋쩍어서이기도 하겠지만, 지호가 자신을 염려하고 있다는 것에 대한 안도감이 크게 작용하고 있다.

"아~ 살겠다. 배고프니까 물도 맛있네. 그나저나 밥은 내가 못 먹었는데 오빠가 왜 화를 내? 그러는 오빤? 밥 먹었어? 어디서 뭐 하고 온 건데!"

"……."

"어~? 유지호! 또 입에 지퍼 채우기만 해!"

"깡패냐. 협박 그만하시고 밥 먹기 전에 손이나 좀 씻고 오시죠?"

"오~ 그 말인즉슨, 밥을 해주겠다는 거? 그래도 파리 인심이 영 박하진 않네. 헤헷."

비가 와서 움츠러들었던 마음이, 날이 개면서 다시 기지개를 켠다. 소나기가 지나간 것처럼 불편한 감정들이 한 차례 씻겨 나갔다. 그리고 마주한 일상. 두 사람은 누가 먼저랄 것도 없이 식탁에 마주 보고 앉는다. 같은 시간. 같은 공간. 같은 자리에서 같은 음식을 나눠 먹으며 시시껄렁한 이야기를 반찬처럼 주고 받는다.

"그런데 진짜 어디 갔다 왔어?"

단비가 한풀 꺾인 목소리로 묻는다.

"학교에 있었어. 스냅 촬영 일정이 없는 날에는 보통 학교 도서관에 가 있거든."

"학교? 왜? 아직 그 학교 학생도 아니잖아. 학기는 9월부터 아니야?"

지호는 파리 제8대학교 영화과 입학을 앞두고 있다. 북쪽의 생 드니(Saint denis) 지역에 있는 대학인데, 단비의 말처럼 지호가 정식으로 영화학도가 되려면 두 달 남짓 남아있는 여름을 마저 다 소진해야 한다. 소진. 사라질 소(消)에 다할 진(盡). 점점 줄어들어 다 없어진다는 뜻인데… 이 여름을 탈탈 털어서 바닥까지 긁어 모조리 써버리고 나면, 그땐 무언가 달라질까. 달라져 있을까. 숱하게 흘려보낸 무수한 여름들처럼 또 많은 것들이 계절의 뒤안길로 사라지겠지만 아무리 쓰고 없애도 소진되지 않는 불멸의 여름이 있다. 이를테면, 지난 며칠간 지호와 단비가 파리에서 함께 보고, 듣고, 느낀 초록의 알갱이 같은 것들이.

"나 늦깎이잖아. 뒤처지지 않으려면 부지런히 준비해야지. 이번만큼은 정말 잘 해내고 싶거든."

잘 해내고 싶다는 말. 이 말이 이토록 뜨거운 말인지 지호는 미처 몰랐다. 스물일곱이 되어서야 만난 꿈. 영화감독으로 가는 길. 그 길 초입에 단비가 있다. 단비에게 하지 못한 말들이 아직도 너무나 많은데 어디서부터 어떻게 꺼내야 할지, 지호는 머리가 복잡하다. 그래도 하긴 해야겠지. 더는 비겁해지지 말아야겠지. 예전처럼 도망치거나 숨어버리는 일은 이제 다시는 없어야겠지. 아무렴, 그래야겠지……

솔직해지기 위해서는 부단한 용기가 필요하다. 단비에 대한 마음도, 말없이 떠나온 이유도, 잃어버린 누나에 대한 일들까지 전부… 전부 다 말해야 하는데. 단비가 파리를 떠나기 전에. 그날이 오기 전에는 꼭, 말해야 한다.

# 19. 오페라와 새 구두


해국의 승용차가 프라하 6구역에 있는 자바딜로바 거리에 나와 있다. 이차선 도로 한복판에 있지만 달린다,는 표현을 쓸 수가 없는 건 가속 페달 위에 발을 얹기가 무섭게 앞뒤와 양옆으로 온갖 차량이 밀려들고 있기 때문이다.

"어쩌죠. 괜히 데리러 오라고 했나 봐요. 이렇게까지 막힐 줄 알았다면 오지 말라고 했을 텐데."

라고, 옆자리에 탄 수빈이 대화의 물꼬를 틔운다.

"미리 알았더라도 왔을 겁니다. 다른 날은 몰라도, 오늘 같은 날은 혼자 움직이게 두면 안 되죠."

운전석에서 전방을 주시하던 해국의 시선이 스리슬쩍 수빈에게로 가 닿는다. 해국은 핸들을 바짝 붙잡고 있던 손을 잠시 느슨하게 풀었다가 곧장 다시 거머쥐며 그런 얘길 했고,

"트램도 있고, 택시도 있는데… 아무래도 제 생각이 짧았네요."

수빈은 차창 너머로 지나가는 빨간 트램을 보며 작은 후회

를 내비쳤다. 그러는 사이에 해국은 차를 일차선으로 옮겨 좌측 방향지시등에 불을 켰다. 그리고 지금은 신호가 전환되길 기다리면서 노는 손으로 넌지시 턱을 괴는 중인데. 아니, 실은 그러는 척을 하면서 살짝 고개를 기울여 수빈을 바라보려는 것이다.

"그 드레스를 입고, 그 구두를 신고요? 안 됩니다, 안 되고 말고요."

어떠한 경계도 느껴지지 않는 온화한 눈빛. 익살스런 표정과 친근한 말투. 그 모든 걸 수빈에게만 보여주는 해국이다.

"아, 옷이 좀 그렇긴 한데… 승차 거부만 안 당하면 되죠. 안 그래요? 힛."

쉬폰 레이스가 달린 스킨톤 드레스는 앉을 때마다 천이 봉긋하게 부풀어 오르는 탓에 꽤나 신경이 쓰이고, 발뒤꿈치 부분이 벨트로 된 실버 색상의 슬링백 구두는 보기에는 예쁘장한데 걸을 때마다 가죽끈이 피부를 건드려서 살갗이 발갛게 부어올랐다는 걸, 수빈은 조금도 내색하지 않았지만 해국은 말하지 않은 부분까지 살뜰히 챙기는 사람이니까.

"뭐가 됐든 제 마음이 불편해서 안 돼요. 후우~ 어디 보자. 공연 시작하려면 40분은 더 있어야 하니까 시간은 충분하네요. 그때까지 우리 음악이나 실컷 들으면서 갈까요?"

수빈은 해국을 만나고야 알았다. 다정,도 재능이라는 것을.

"좋아요. 그럼 어디 선곡 센스 좀 볼까요?"

라고, 수빈은 팔짱을 끼며 장난스럽게 받아넘긴다.

"은근히 부담되네. 으음. 아, 그렇지! 같이 듣고 싶은 노래가 하나 있긴 하죠."

해국은 차량 디스플레이 화면에 손을 가져간다. 익숙한 손놀림으로 카 오디오의 재생 버튼을 눌렀고,

"어? 이 곡은."

수빈은 반가운 목소리로 반응하고 있다.

"기억…나요?"

해국이 싱긋 웃으며 말한다.

"그럼요! 새 구두를 사야 해. 나카야마 미호. 파리. 그리고 마민카와… 이해국."

수빈은 전주를 듣자마자 연상한 것들을 입 밖으로 하나씩 열거해 보았다. Menuet K.1_piu mosso. 영화 <새 구두를 사야 해>의 주제곡이자, 해국과 수빈이 처음으로 함께 들은 음악이다. 그날은 눈이 오는 어느 수요일 저녁이었고, 별 것 없는 하루의 끝이었다. 해국은 보통날처럼 마민카식당을 지키고 있었

고, 창밖의 세상은 오후 4시부터 어둑해졌다. 칠흑 같은 거리 위에서 사람들의 머플러가 나부끼고, 하얀 눈꽃들이 춤을 췄다. 그 광경에 멍하니 빠져있던 해국의 나른한 시선 앞으로 수빈이 저벅저벅 걸어왔었다. "오는 길에 눈이 막… 흐흠~"하는, 가쁜 숨을 내쉬며 그녀가 다가왔었고, 해국은 "아, 네. 눈이… 아, 어서오세요"라고, 횡설수설하며 두서없이 인사를 건넸던 그날. 그 겨울에. 해국은 수빈에게 이 노래를 들려주며 "piu mosso,는 클래식 음악 용어인데요. 보다 매우 빨리. 뭐, 그런 뜻이래요."라고 멋쩍게 말을 했었고, 수빈은 "그렇구나. 그러고 보니 귀에 익어요. 한 번 더 들으니까 희미했던 기억이 되살아나는 것 같아요. 아름다웠던 영화 속 장면들이 깨어나는 기분도 들고. 고마워요."라고 응답했었다. 묘한 기대감과 설익은 설렘이, 두 남녀의 마음을 어지러이 휘감는 저녁이었다. 그렇게 겨울. 그렇게 봄. 그렇게…… 여름이 왔다.

"와! 처음인데요."

해국이 감상에 젖은 목소리로 운을 떼고.

"네?"

수빈은 그의 다음 말을 잠자코 기다린다.

"이해국. 그렇게 저를 부른 게 처음이라고요."

말소리가 비켜선 공간은 음악이 메운다. 경쾌하면서도 서정적인 피아노 선율이 차 안에 가득히 울려 퍼지고 있다. 감미롭고도 감미롭게.

"아~ 맞잖아요, 이.해.국! 이름이랑 참 잘 어울려요."

수빈은 곰곰한 얼굴로 말한 후에 두어 번 고개를 끄덕였다.

"그런가요? 다른 이름은 한 번도 생각해 본 적이 없어서."

커브 길을 만난 해국은 굽어 있는 도로를 따라 완만하게 운전대를 돌리며 답을 했고, 차가 기우는 방향에 따라 몸을 맡기고 있는 수빈은,

"멋진 선물을 받았네요."

라는 말로, 자연스럽게 대화를 이어나간다.

"선물이라고요?"

해국은 어리둥절해하며 물었고,

"누구에게나 이름은 태어나서 처음으로 주어지는 선물 같은 거잖아요. 평생토록 간직할 수 있는 아주 귀한 무형의 소장품이랄까."

수빈은 토씨 하나도 건성으로 흘리지 않고, 음절마다 진심을 꾹꾹 눌러 담으며 숭고하게 말했다.

"이름,이라는 선물. 듣고 보니 그렇네요. 평생 쓸 수 있고, 잃

어버릴 염려도 없고요."

해국은 수빈의 말을 거듭 마음에 새기느라 말의 속도가 조금 줄었다.

"해국 씨가 받은 선물은 무슨 뜻이에요?"

수빈은 잔뜩 궁금한 얼굴이 되어 해국의 옆얼굴을 살그머니 쳐다본다.

"맞혀 봐요. 무슨 뜻일 것 같은지."

"글쎄요. 해국. 해애국…"

수빈이 진지하게 그의 이름을 탐구할 동안에도 두 사람을 태운 차는 쉬지 않고 네 개의 바퀴를 굴린다. 혼잡한 정체 구간을 간신히 빠져나와 차츰 속력을 내고 있다.

"혹시 바다 해(海)인가요?"

"그럴 것 같지만, 아닙니다."

"그럼… 풀 해(解)? 아니면 갖출 해(賅)?"

"상상력을 동원해 봐요."

"와, 어렵다."

"꽃 이름이에요."

"설마!"

"진짠데. '해국'이라는 꽃이 있거든요. 저도 어머니께 들어서

아는 건데요. 햇볕이 잘 드는 암벽이나 경사진 곳에서 자란대
요."

해국은 서랍장에 고이 숨겨둔 옛 보물 상자라도 열어 보이
듯 흐뭇하게 말했다.

"뭐야, 정말인가 보네요."

"크흐. 그렇다니까요."

피식 웃는 해국의 너그러운 이목구비 너머로 커다란 강줄기
가 굽이친다. 프라하의 젖줄인 블타바강이 운전석에 있는 해국
의 눈, 코, 입 뒤에서 넘실거린다. 그 모습이 어찌나 찬란한지
수빈은 순간마다 사라지는 아까운 풍경을 눈으로 찍어 가슴에
남긴다. 석양을 덮은 강물도. 그보다 깊게 빛나는 그의 눈빛도.
그 모든 걸 바라보는 자신의 복잡한 심정까지도.

"아들에게 꽃 이름을 붙여주시다니. 부모님이 참 다감한 분
들이셨나 봐요."

수빈이 감상에 젖은 목소리로 말했다.

"그런 편이었죠. 경제적 풍요는 없어도 낭만은 있으셨던 것
같아요. 아버지가 산을 좋아하셔서 살아계실 때 두 분이 등산
을 자주 다니셨는데 저를 갖기 전에 우연히 그 꽃을 보셨대요.
험준한 암벽들 사이에서 여린 생명을 꽃 피운 걸 보고 어머니

가 크게 감명을 받으셨나 봐요. 산에서 내려와 집으로 돌아오신 후에도 잔상이 가시지 않는다 싶더니, 그로부터 몇 달 후에 뱃속에 있는 저를 만나서… 태명도 본명도 해국이 되었습니다."

신기하게도, 지수빈이라는 사람 앞에서는 말수가 적은 해국도 무장해제가 된다. 그냥 들어주기만 하는 게 아니라, 상대의 입장에서 성심으로 헤아려 주니까. 섣불리 아는 체를 하지도, 성급히 재단하지도 않으니까. 그러니까 수빈 앞에서는 혈혈단신의 이방인이라는 것도, 마민카식당의 책임자라는 것도 다 잊어버리고, 가장 이해국다운 이해국이 된다.

"그래서 해국이 되었구나. 얘기를 듣는데, 왜 제가 뭉클하죠? 이제야 진짜 이해국이라는 사람을 만나게 된 것 같네요."

"수빈 씨는요? 수빈 씨 얘기도 듣고 싶어요."

"그러고 싶은데… 우리 이제 내려야 하는 거 아니에요? 비드라 아저씨가 알려주신 공연장이 이쯤 어디였던 것 같은데, 맞죠?"

"진짜 다 왔네요. 잠깐만요. 지도 상으로는 여기가 맞는데, 건물이… 히베르니아 극장이라고 하셨는데… 네, 바로 앞이네요."

베이지색 외벽에 길게 늘어뜨린 대형 포스터를 보면서 입구에 들어서면, 눈부신 레드카펫이 발아래 펼쳐진다. 고풍스런 계단과 드높은 층고. 휘황찬란한 크리스털 조명과 그보다 멋스럽게 차려입은 사람들이 히베르니아 극장을 빛내고 있다.

"녀석이 왜 갖춰 입고 가라고 신신당부를 했는지, 직접 와 보니 알겠네요."

라고, 넥타이를 고쳐 매고 있는 해국이 말했다.

"근사해요, 오늘."

"수빈 씨도요!"

"그런데 녀석이라면?"

수빈은 드레스 끝자락을 바짝 움켜쥐느라 힘이 잔뜩 들어가 있는 손아귀를 의식적으로 풀면서 대꾸한다.

"나준이요. 마민카식당의 하나준, 그 녀석이 그러더라고요. 체코는 상황에 맞는 의복을 중요시하는 나라라나 뭐라나… 훈계를 어찌나 장황하게 늘어놓는지, 말도 마요."

"네~ 나준 씨. 성격 좋아 보이던데. 가만 보면, 인복이 많은 것 같아요. 주위에 좋은 사람들이 많잖아요."

"저요? 그렇죠. 에블린 아주머니와 비드라 아저씨도 계시고, 지금은 멀리 갔지만 지호도 있고요. 제 발로 걸어 들어온 하나준, 그 녀석도 진짜 힘이 많이 되죠. 감사한 일이에요. 그리고 오늘 이런 시간도요."

과거의 해국은 감사하지 않았다. 감사할 일이 없으니 딱히 웃을 일도 없었다. 웃음이 줄어들자 점차 무감해졌다. 형편이 어려워 대학을 포기했을 때나 기사회생으로 공무원 시험에 합격했을 때에도. 처음으로 여자 친구가 생겼을 때나 첫 월급을 받았을 때에도. 무쇠 같던 어머니가 폐암 판정을 받았을 때나 오랜 연인과 헤어졌을 때, 하나뿐인 가족이 끝내 숨을 거두었을 때, 화장터에서 돌아와 그 길로 사직서를 내고 비행기에 몸을 실었을 때에도…… 슬퍼도 슬프지 않았고, 기뻐도 기쁘지 않았다. 희망이 결여된 삶은 아무 맛도 나지 않는 음식과도 같았다. 하지만 이젠 아니다. 해국은 다시 내일을 기다린다.

"잘 보여요?"

관중석에 앉은 해국이 수빈에게 귓속말을 하자,

"네, 자리가 너무 좋은데요."

라고, 수빈도 소곤거렸다.

"저기 무대 오른쪽 맨 가장자리에 있는 분이 비드라 아저씨인 것 같아요. 저렇게 서 계시니까 전혀 다른 사람 같지 않아요?"

해국은 왠지 모를 뿌듯함을 느끼며 수빈에게 말을 건넸고,

"그러게요. 사진 찍어드리고 싶은데 공연 중에는 촬영이 안 된다고 하니까 아쉽네요."

수빈은 휴대전화의 전원을 끄면서 속삭였다.

"나중에 공연 끝나고 무대 뒤에서 같이 찍어요."

해국도 재킷 안주머니를 열어 전화기가 꺼져 있는지 확인한다.

"그래요. 어? 이제 시작하려나 봐요."

수빈의 말이 끝나기가 무섭게 오페라의 서막이 올랐다. 웅장한 음악과 좌중을 압도하는 무대, 전율이 느껴질 정도로 뜨거운 열기와 기분 좋은 긴장감이 두 사람을 순식간에 다른 세계로 끌어들였다.


세 시간이 찰나처럼 지나갔다. 공연은 훌륭했다. 더할 나위가 없었다. 프라하 구시가지의 오래된 골목에서 보았던 그 열쇠공은 무대 어디에도 없었다. 반나절의 열쇠 장사가 끝나면 기다란 첼로 가방을 둘러메고 마민카식당에 들러 혼밥을 하던 체코 아저씨. 설렁탕 한 그릇에 밥 두 공기를 순식간에 해치우고는 밥알 한 톨 남김없이 비워낸 밥공기 밑에 현금 300코루나와 오페라 초대권 두 장을 슬쩍 끼워 넣고 사라졌던 요전날의 비드라는 온데간데없었다. 다만, 한 사람. 멀끔하게 차려입은 연주복 위에 와인색 행커치프를 꽂고 기품있게 등장한 어느 중년의 첼리스트가 그곳에 서 있었다. 무대 위에는 다른 가수들도 있고, 연주자들도 많았지만, 해국의 관심은 온통 그 첼리스트에게로 쏠려 있었다.

"오늘 공연 어땠어요?"

어슴푸레한 밤하늘을 올려다보던 해국이 물었다. 방금 머리칼을 훑고 지나간 하늬바람처럼 부드럽고 청량하게.

"좋았어요. 너무 좋아서 눈물이 핑 돌 만큼요. 해국 씨는요?"

수빈도 물었다. 여름날에 떨어지는 유성처럼 반짝반짝 빛나는 목소리로.

"저도요. 지인~짜 최고였어요. 이런 기분으로 그냥 들어가긴 아쉽네요."

해국은 주차장이 있는 곳으로 눈길을 주다 말다 하며 말했다.

"그럼. 잠깐 걸을까요?"

라고, 수빈이 먼저 제안했다.

"그럴래요? 아, 아니다. 수빈 씨 구두가… 발이 불편하지 않겠어요?"

해국은 앞이 뾰족한 수빈의 구두를 걱정스레 내려다보며 말했고,

"잠깐은 괜찮아요. 일단 걸어보고 영 못 참겠다 싶으면 말할게요."

수빈은 보란 듯이 발을 톡톡, 제자리걸음을 걸어 보인다.

"그래요. 제 등이 필요하면 언제든지 말만 해요."

"그런 무리수는 안 두는 게 좋을 텐데."

"못 믿겠으면 미리 한번 타볼래요?"

라고, 말을 하는 동시에, 엉거주춤하게 몸을 숙여 어부바 자세를 취하는 해국.

"갑자기 발이 가뿐해요! 하나~도 안 아파요. 정말이라니까요."

"크핫. 알았어요, 업히라고 안 할 테니까 편하게 걸어요. 편하게."

한바탕 웃었고, 웃는 동안 가벼워졌다. 내 안에서 피어오른 감정선은 응당 내 것이지만 곁에 있는 타인에게로 옮겨가 물들고 나면, 반쪽짜리였던 마음이 그제야 하나로 가득 채워지면서 몰라보게 충만해지기도 한다는 걸 확인한 순간이었다.

"오늘 정말 고마워요!"

수빈이 낭랑하게 말했고,

"인사는 제가 아니라 비드라 아저씨가 받으셔야죠."

해국은 머쓱한 나머지, 비드라에게 공을 돌렸다.

"해국 씨가 받은 선물을 저에게 나눠준 거니까, 고마운 게 맞죠. 난 별로 해준 게 없는데 늘 받기만 하네요. 이런 불공정 거래는 옳지 않은데, 갈수록 큰일이에요."

밤이 되면 더욱 화려해지는 중세 시대의 건물들과 왁자지껄 소란스런 음식점, 노란 조명을 켜고 달리는 시가 전차와 어두운 거리를 활보하는 사람들. 해국과 수빈도 그들의 행렬로 들어가 흐드러진 여름밤의 정취에 취한다.

"불공정 거래요? 하하, 난 괜찮은데. 정 그렇다면… 우리 이렇게 할까요?"

해국은 발이 불편한 수빈을 배려해 보폭을 줄이며 말했고, 수빈은 뒤처지지 않게 속도를 내다가 "어떻게요?" 하고 물었다.

"아무것도 묻지 말고, 딱 한 번만 내 말대로 해주기."

해국은 잠시 걸음을 멈추고 수빈과 눈을 맞추며 말한다.

"우와, 세다. 진짜 아무것도 물으면 안 돼요?"

수빈은 차분히 되물었고, 입술을 앙다문 채 그녀의 표정을

살피던 해국은,

"네, 아무것도요."

라고, 조심스럽게 되풀이하는데.

"음…….그래요, 그럼."

무슨 마음을 먹었는지, 수빈은 길게 고민하지 않고 흔쾌히 답을 주었다.

"저 지금 소원권 요청하는 건데. 괜찮겠어요?"

그녀가 보여준 뜻밖의 반응은 해국의 눈을 휘둥그레하게 만들었다.

"안 괜찮으면요? 무를까요? 그래도 되면, 없던 걸로 하고요."

수빈은 농담 반 진담 반으로 말했고,

"아니, 안 됩니다. 어떻게 얻은 기횐데 그럴 순 없죠."

해국은 다급한 마음에 얼른 쐐기를 박는데.

"그러니까 말해 봐요. 마음 바뀌기 전에."

무언가 심상치 않은 기류를 느꼈는지 진지한 태도로 임하는 수빈. 해국은 그런 그녀를 아련히 보다가,

"어떻게 얘길 해야 좋을지 모르겠는데… 그냥 편하게 말할게요. 수빈 씨 이제, 한국 가야 하잖아요. 언제까지 이렇게 무한정

붙잡아 둘 수 없다는 거 알아요. 그래서 말인데요."

수빈은 갑작스런 그의 말에 어떠한 대꾸도 하지 못하고, 일순간 얼어버렸다.

"올 때는 혼자 왔겠지만 돌아갈 때는 내가 데려다줄게요. 공항에서 헤어지는 건 아무래도 몹시 아쉬울 테니까, 배웅이라도 길게 할 수 있게… 그렇게 해줄래요?"

라고, 해국은 그간 속앓이하며 혼자 준비해 온 말들을 침착히 꺼내 놓았다.

"소원이 그거예요?"

"네…… 그거면 됩니다."

사람과 사람이 만나, 얼마만큼의 시간을 함께 보내야 이별을 겸허히 받아들일 수 있을까. 하루는 아쉽고, 한 달은 괜찮은가. 일 년은 부족하고, 이 년은 넉넉한가. 적정한 시기에 만나 적절히 사랑하고 적당히 서운해질 즈음에 후회도 원망도 없이 뒤돌아 걷기. 그토록 거짓말 같은 관계가 인간계에 자리할 수 있을까. 성숙한 헤어짐이라는 것이 애초에 가당키나 한 걸까. 모든 이별은 처음이고, 처음은 누구에게나 저마다의 사유로 애달프다. 해국은 수빈을 알게 된 날부터 오늘이 올 것을 미리 예감했지만, 그렇다고 슬픔이 반으로 줄어들진 않았다. 도리어 배가 되었다. 상상과 염려에서 현실로 살찌워진 증폭된 슬픔은… 이를테면, 끝도 없이 차올라 뜨겁게 흘러넘치는 용암과도 같아서 함부로 손을 댈 수도 없다. 그렇더라도 작별은 제대로 해야 하기에. 무릇 그것이 함께 보낸 시간에 대한 예의이기에. 해국은 마지막까지 온 마음을 다하려 한다.

그녀를 멀리 떠나보내기 전에, 오래도록 기억에 남을 선물을 하나 안겨주고 싶은데 무엇이 좋을까. 이런저런 궁리를 하던 차에 문득, 다른 건 몰라도 신발은 안 되겠다고. 차마 새 구두는… 그것만은 도저히 사줄 수가 없겠다고, 해국은 생각했다.

## 20. 돌아온 202호

"우리 데이비츠카 광장에 체리 서리하러 갈까?"

언제 돌아왔냐고 묻는 수빈에게 단비는 그렇게 대답했다. 어제도 그제도 만난 사이처럼 평소와 다를 바 없는 일상적인 말투로, 지극히 그녀다운 방식으로 귀환을 알렸다.

"어떻게 된 거야? 지호 씨는?"

수빈은 물러서지 않고 단비를 채근한다.

"알았어, 말할게. 다 말할 건데… 나 옷만 좀 갈아입고 나오면 안 될까? 그동안 언니는 차라도 한잔 마시고 있을래? 흐음, 퓨퓨. 과일이라도 꺼내 주고 싶은데, 보시다시피 집을 오래 비워놔서 냉장고가 텅텅 비었습니다요."

단비가 활짝 열어젖힌 소형 빌트인 냉장고 안에는 유통기한이 간당간당한 버터 한 통과 가장자리가 꾸덕꾸덕하게 색이 변한 슬라이스 치즈 몇 장, 김빠진 콜라 300㎖와 원형을 알 수 없을 정도로 말라비틀어진 대파 한 단이 생기 없이 누워있다.

"단비야."

"응? 나가서 뭐 좀 사 올까?"

"아냐, 나 손님 대접 받으러 온 거 아니잖아. 차도 과일도 됐어. 신경 쓰지 말고, 일단 옷부터 갈아입고 나와."

어떤 말에도 꿈쩍하지 않는 수빈을 보며 단비는 조용히 냉장고의 문을 닫았다. 그러는 동시에, 그녀의 관심을 다른 곳으로 돌리려는 시도를 단념했다.

"그럼 잠깐만 앉아 있어. 금방 나올게."

라는, 말을 남기고, 단비는 방으로 들어갔다. 다섯 평 남짓한 거실에 덩그러니 남겨진 수빈은 낯설기도 하고 익숙하기도 한 202호의 공간을 새삼스럽게 둘러보는데. 노란색과 푸른색이 조화로운 스트라이프 패턴의 단모 러그 위에는 소파 대신 흔들의자가 놓여 있다. 수빈은 단비의 집에서 이 의자를 볼 때마다 크리스마스로 돌아간다.

때는 지난 겨울이었고, 크리스마스 마켓이 한창인 프라하 1지구의 어느 화방 앞이었다. 우연히 발견한 골동품 시장을 그냥 지나치지 못하고 한참을 서성이는 단비를, 수빈은 모른 체하며 잡아끌 수 없었다. 털모자를 눈썹까지 푹 눌러쓴 청년 상인이 "프레임은 영국산 오크나무로 만들었고요. 등받이에 있는 플라워 패브릭은 의자의 주인이었던 할머니가 직접 자수를 놓은 거예요."라는 말만 하지 않았어도, 물건의 주인은 바뀌었을까. 그랬다면 기온이 영하로 떨어지는 겨울날에 여자 둘이서 (웬만한 꼬마 아이보다 큰) 나무 의자의 머리와 다리를 앞뒤로 나눠 들며 낑낑거리는 빙판길 소동은 없었을지도 모르지만, 그런 덕분에 얻은 것도 있다. 앞으로는 늘 그럴 테니까. 크리스마스를 떠올리면 단비와 함께한 그 순간이 트리 위에 걸린 오너먼트처럼 작지만 확실하게 빛날 테니까.

"언니!"

품이 넓은 반소매 후디에 레깅스 팬츠로 환복한 단비가 방에서 걸어 나와, 수빈을 부른다. 하지만 수빈은 듣지 못했고, 단비는 다시 한번 입술을 달싹여 "언니~"를 낮게 퍼뜨리는데.

"으…응. 다 됐어?"

수빈은 그제야 흔들의자에 관한 심상을 걷어내고 단비에게 집중한다.

"무슨 생각을 그렇게 해?"

단비가 물었다. 어딘가 모르게 착 가라앉은 수빈의 기분을 헤아리면서.

"시간. 시간을 생각하고 있어."

수빈은 속에 든 것들을 하나로 뭉뚱그려 말했고,

230

"어떤 시간?"

단비는 갸우뚱한 얼굴로 러그 위에서 가부좌를 틀며 물었다.

"무심코 흘려보낸 시간과 아직 잔재하는 시간을 세어보니까, 시간이 조금만 더 있으면 좋겠다는 마음이 들어서."

수빈은 뭉쳐진 마음을 낱개로 펼쳐 보였지만, 단비의 궁금증을 해소해 주기에는 여전히 부족했다.

"왜 갑자기… 뭐 있구나, 그렇지?"

이상 신호를 감지한 단비가 본격적으로 수빈을 파헤치려 들자,

"그 얘긴 차차 나누기로 하고. 우선은 파리에 다녀온 일부터, 그 비화부터 들어보자. 뭐가 어떻게 된 거야?"

수빈은 단비가 빠져나가지 못하게 서둘러 제동을 건다.

"우리?"

'파리'라는 말에 흠칫한 단비. 그녀의 입에서 터져 나온 첫 마디는 '우리'였다.

"뭐야, 너! 벌써 그런 사이가 된 거야?"

수빈은 진심으로 놀라고 있다.

"뭘 그렇게 놀라~ 왜? 우리,라고 해서? 피잇~ 우리,가 뭐 별건가. 안타깝지만 언니가 상상하는 그런 일은 없습니다요."

단비는 대수롭지 않다는 듯이 가볍게 운을 뗐지만, 그 말을 전하는 목소리는 가늘게 떨리고 있었다.

"없다고?"

수빈은 믿을 수 없다는 표정을 짓고 있다.

"응, 없어. 뭐… 당장은 그래. 얘기가 좀 긴데. 결론부터 말하면, 파리에 가기 전이나 후나. 유지호와 나. 우리 사이에 달라진 건 아무것도 없어."

단비는 한 번 더 쐐기를 박았다. 이상하리만치 평온한 말투로.

"어째서?"

수빈은 도무지 납득이 가지 않는다는 듯이 되물었다.

"당연하잖아. 고작 며칠 붙어 있는다고 타오를 관계였다면 처음부터 그랬겠지. 안 그래? 그리고……."

시원하게 말을 툭툭 내뱉던 단비가 돌연 말끝을 흐린다.

"그리고 뭐?"

"아니야. 아무것도."

단비가 말을 채 잇지 못하고 멈칫할 수밖에 없었던 건, 아직 스스로도 다 정리가 되지 않아서다. 지호의 집에 무작정 쳐들어간(그의 입장에서는 두말할 것도 없이 그러하기에) 그 밤에,

불 꺼진 방에서 마주했던 불편한 정적. 같은 공간 안에서 어색하게 천장을 올려다보며 '이상함'을 핑계로 전한 고백 같은 말들. 단비는 그날부터 시작된 파리에서의 서사를 수빈에게 가감 없이 털어놓으려다가 순간적으로 말문이 막힌 것이다. 지호와 함께 보낸 스무날의 시간들. 그중에 어떤 부분은 채 소화되지 못하고 명치 끝에 뻐근하게 걸려 있는 기분이 들어서. 그래서 지금은 때가 아니라고 느꼈다.

"그렇지만… 고작 며칠이라고 하기엔 꽤 오래 있었잖아."

"그러게. 꼬박 3주나 있었네~ 아니지! 원래 내 계획은 한 달이었으니까 3주밖에, 라고 해야 맞는 것 같기도 하고."

"지호 씨네 집에서 말이지?"

수빈이 정곡을 짚으며 물었다. 그런 뒤에는 오크나무 특유의 매끈한 질감이 느껴지는 흔들의자의 손잡이를 쓰다듬으면서 단비의 답을 기다리고 있다.

"그렇지, 맞아. 내내 그 집에서 함께 지낸 것도 맞고, 파리에서 3주나 있었던 것도 다 맞는데… 그렇다고 해서 드라마틱하게 변하는 건 없더라고. 현실은 역시, 현실이잖아."

라며, 단비는 담담하게 읊조리듯 말했지만.

"과연 그럴까?"

수빈은 의미심장한 말로 반문한다.

"무슨 뜻이야?"

"글쎄~ 내 눈엔 이미 많은 게 달라진 것 같아서. 아님, 달라지고 있는 중이거나?"

지호가 사라진 후에 한동안 단비는 잘 웃지도, 잘 먹지도, 잘 걷지도 않았다. 시간이 어느 정도 흘러 전처럼 다시 웃기도, 다시 먹기도, 다시 걷기도 하였지만… 그 모습은 흡사 깨져버린 접시 같았다. 누군가 망치로 세게 꽝 내리쳐서 산산이 부서져버린 접시를 접착제로 덕지덕지 이어 붙인 것처럼 엉성하기 그지없었다. 겉으로는 별다른 문제가 없어 보여도 작은 충격 하나에도 와장창 깨져버릴 것처럼 고도로 불안한 상태. 그 상태가 너무 오래 가면 어쩌나 싶을 때, 그녀가 파리로 날아갔다. 그리고 스무날 만에 집으로 돌아온 단비는, 뭐랄까… 외양은 그대로인데 기색이 달라졌다. 눈빛은 몰라보게 편안해졌고 목소리도 표나게 안정돼 있다. 무엇이 그녀를 낫게 하였을까. 정말로 지호였을까. 아니면, 파리였을까. 진짜 답은 따로 있는지도 모른다. 그건 아마도 시간. 단비에게도 시간이 필요했을 것이다. 어느 날 갑자기 사고처럼 끝나는 게 아니라 조금만 천천히 자연스럽게 멀어지기를 바랐을 테니까. 그것이 사람이든 사랑이든. 사랑이라고 믿었던 감정에 대한 것이든. 그게 뭐였든 간에 말이다. 설령 그 관계에 싹이 트지 않아도, 끝내 시들어 썩어버릴지라도… 단비 스스로가 직면하고 받아들일 수 있는 시간이 필요했을 테니까.

# 21. 스트라스부르에 두고 온 것들

단비가 쿠르브부아를 예정보다 일찍 떠나겠다고 했을 때, 지호는 같이 가야 할 곳이 있다는 말로 그녀를 조금 더 잡아 두었다.

"가기 전에 나랑 어디 갈 데가 있어. 그때까진 있을 수 있지?"

"거기가 어딘데?"

"있어."

"그러니까 어디에 있냐고."

"아…무튼 있어. 물어도 지금은 대답 안 해줄 거니까 그만 물어봐."

"칫. 진짜 제멋대로야."

그로부터 얼마 후, 두 사람은 약속한 시간에 이르렀고 함께 기차에 올랐다. 파리 동역(Gare de Paris-Est)에서 출발한 직행 열차는 약 1시간 45분여 만에 스트라스부르역에 멈춰 섰다.

"여기야."

지호가 뿌듯한 얼굴로 말했다.

"스트…라스부르?"

단비는 플랫폼에 적힌 글씨를 생경하게 들여다보았다.

"응, 프랑스와 독일의 국경 도시야. 여기가 프랑스 동북부 알자스 지방인데 '스트라스부르'라는 지명은 '길'을 뜻하는 독일어 '스트라세Straße'와 '도시'를 칭하는 '부르Burg'가 더해져서 만들어진 거라던데?"

"직역하면 길의 도시?"

"그렇지. 프랑스와 독일, 두 나라의 문화가 공존하는 길의 도시라는 건데 쉽게 말하면 '길목' 정도 되겠다. 처음엔 독일식으로 슈트라스부르크,라고 불리다가 지금은 프랑스어 발음인 스트라스부르,가 됐다는 말이 있어."

지호는 어깨에 흘러내리는 배낭을 추켜올리며 대화를 이어나간다.

"그렇게 말하니까 되게 사연 있을 것 같다, 여기."

"왠지 그런 느낌이 있지. 둘러보면 더 그럴걸? 이쪽도 저쪽도 다 맞닿아 있지만 여기도 저기도 아닌 것 같은 그런 거. 그래서인지 어딘가 모르게 분위기가 좀 심오하달까, 신비롭달까.

꼭 나처럼 말이지."

지호가 크지도 작지도 않은 눈을 게슴츠레하게 뜨며 말했다.

"뭐래~ 자기 객관화가 전혀 안 돼 있네. 유지호 씨는 심오도 신비도 아니거든요."

단비가 장난스런 얼굴로 눈을 흘긴다.

"그럼 뭔데?"

지호도 눈을 피하지 않고 추궁하듯 되묻는다.

"의문스럽지, 대체로."

허리에 뒷짐을 지고 플랫폼 주변을 살피던 단비가 무심한 말투로 푹, 지호를 찔렀다.

"야, 그건 아니다!"

"그니까 본전도 못 찾을 소리 그만하시고, 어서 길이나 안내하시죠. 이제 어디로 가면 돼?"

단비는 턱을 가볍게 치켜들었다 내리는 제스처를 하면서 지호가 앞장 서주길 기다리고 있다. 지호도 그녀가 보낸 신호를 읽었지만⋯ 방금 들은 그 말, 유지호는 대체로 의문스럽다는 그녀의 말 때문인지 선뜻 발이 떨어지질 않는다.

"안 가고 뭐 해?"

단비가 고개를 갸웃하며 말했다. 지호는 잠시 머뭇거리다가,

"어디부터 가볼지 고민 중이었어. 너 미야자키 하야오 좋아해?"

라고, 뜬금없이 물었다. 단비는 0.1초 간 유지호는 역시 뚱딴지 같다는 생각을 했지만, 다음에 올 말을 기대하며 고분고분하게 대답해 주었다.

"일본의 애니메이션 감독? 완전 팬이지!"

"그럼 걷기만 해도 좋아하겠다. 스트라스부르, 이 지역이 그 유명한 <하울의 움직이는 성>의 배경이거든."

지호는 이 대목에서 특히 단비의 표정 변화를 관찰하며 비장하게 말했다.

"하울? 그건 콜마르인 줄 알았는데."

"콜마르도 맞고, 스트라스부르에서도 영감을 꽤 받았다고 하더라고."

"그렇구나. 그건 또 몰랐네. 재밌다!"

"놀라지 마라~ 지금부터 살아 움직이는 애니메이션을 걷게 될 테니까."

지호의 말은 과장도 허세도 아니었다. 변두리에 있는 플랫폼을 벗어나 도시의 속살로 파고든 두 사람은 마치 거대한 세트장에 들어선 것만 같은 기분에 사로잡혔다. 눈에 보이는 것마다 그림이라 딱히 정처를 정할 필요가 없었다. 거리에는 프라하나 파리에서는 느껴보지 못한 소도시 특유의 한적한 아기자기함이 있고, 어디서 많이 봄 직한 독특한 양식의 목조 가옥을 지날 때면 실제로 하울과 소피가 걸어 나올 것만 같은 비현실적인 설렘이 두 남녀를 들뜨게 했다.

"어때? 와 보길 잘했지?"

스트라스부르 구시가지에 있는 작은 레스토랑에서 늦은 점심을 해결하고, 노트르담 대성당이 있는 곳으로 걸음을 옮기던 중에, 지호가 단비에게 건넨 말이다.

"응, 완전! 데려와 줘서 고마워. 이 그림 같은 날씨도. 동화 같은 풍경도. 잊지 못할 것 같아."

"그렇담 다행이다. 휴~"

지호는 말끝에 안도의 숨을 흘렸다. 단비는 조용히 새어 나오는 그의 숨소리가 잦아들 때까지 기다렸다가,

"이제 말해 줘."

라고, 말했다. 잠시 발걸음을 멈춰 세우고 단비답지 않은 표변한 얼굴로 나직하게.

"여기까지 온 이유가 있을 거잖아. 무슨 말이든 다 들을 준비가 돼 있으니까 이제 해보라고."

그런 말을 듣고도 지호는 쉽게 입을 열지 못했지만, 이제 단비는 더 이상 조바심이 나지 않았다. 오히려 담담해졌다. 그리고 한편으로는 끝까지 듣지 않고 이대로 헤어지는 편이, 계속 그렇게 의문스러운 유지호로 남겨두는 편이 차라리 나을지도 모른다는 이상한 마음까지 들었다.

"단비야, 내가 왜 너랑 여기에 오고 싶었는지 알아?"

"모르지, 난 항상 몰라. 나에게 유지호는 언제나 풀리지 않는 수수께끼거든."

"흠음. 그럼 이제 어쩌나. 앞으로는 좀 시시해질 수도 있겠는 걸?"

지호는 여전히 농담처럼 말했지만 내용은 심상치 않았다. 그러고 보니, 그의 목소리가 어딘가 모르게 결연하게 들리는 것도 같다. 어쩌면 오늘일까. 단비는 마침내 진짜 유지호를 만날 수도 있겠다는 희망 같은 마음이 들었다. 그러자, 꼼짝없이 멈추었던 발이 다시 움직여졌다. 그가 서 있는 곳으로 한 발짝 걸으며 나아갔다. 그 시간은 아득하게 느껴졌지만 실제로는 찰나에 지나지 않았다.

"어? 저기… 안 돼! 가지 마~ 가면 안 된다고!"

지호가 별안간 소리쳤다. 그러더니 붙잡을 새도 없이 어느 골목으로 뛰어 들어간다. 단비는 영문도 모른 채 다급히 그를 뒤따랐지만 그래 봐야 소용없는 일이었다.

"허억. 흐어어억. 아, 숨차. 대체 누굴 본 거야? 흐어억~ 잠깐만… 내 폰이랑 내 지갑… 몽땅 다 유지호한테 맡겼는데 하아~ 이제 어떡하지. 오빠 널 무슨 수로 찾냐고."

망연자실한 단비는 그대로 털썩, 길바닥에 주저앉았다. 울어도 시원찮은 상황이었지만 눈물은 한 방울도 나오지 않았다.

"누나~ 거기 서 봐, 누나!"

한편, 지호는 숨이 끊어질 때까지 달렸다. 실핏줄이 드러날 정도로 맑은 피부에 허리까지 내려오는 검고 긴 생머리를 이윽고 앞질렀을 때에는,

"아, 미안. 미안해. 꼬마야."

하는 소리가 입에서 연거푸 튀어나왔다. 그 순간, 다리에 힘이 쭉 풀려서 무릎에 양손을 짚으며 가쁜 숨을 고르다가,

"아, 백단비! 하아… 어떡하냐."

그제야 아차 싶었다. 지호는 그 길로 헐레벌떡 왔던 길을 돌아서 다시 뛰었다. 단비가 아직까지 그 자리에 그대로 있으리란 보장이 없다는 걸 알면서도 다른 방도가 없었다. 그녀의 모든 소지품이 자신의 배낭에 들어있다는 아찔한 사실을 왜 이제

야 깨달은 건지… 이대로 영영 길이 어긋난다면 서로에게 지울 수 없는 멍이 되겠다는 자책을 하면서, 지호는 달리고 또 달렸다.

"허억. 허어억. 아~ 다행이다. 진짜 다행이야……."

미로 같은 골목길을 빠져나와 헤어진 그 자리로 돌아왔을 때, 거짓말처럼 그녀가 있었다. 무작정 지호를 찾아온 그날처럼 크림색 플랫슈즈에 연한 청바지를 입고, 올리브색 홀터넥 여름 니트를 매치한 단비가 풀 죽은 얼굴로 길 한가운데에 쪼그려 앉아 있다. 멍한 눈으로 머리칼을 헝클더니 두 무릎 사이로 얼굴을 묻는다. 그대로 몸을 동그랗게 말아서 양팔로 포옥 끌어안는다. 지호는 오가는 사람들 틈에 서서 잠시 그 모습을 가만히 지켜보다가 그렁그렁한 눈으로 그녀에게 다가간다.

"미안해. 진짜 너무 미안해."

지호가 말했다. 구레나룻 옆으로 뚝뚝 떨어지는 뜨뜻하고 축축한 방울들을 손등으로 연신 닦아내면서.

"유지호……."

환청 같이 들려온 그의 목소리에 놀라, 자리를 박차고 일어난 단비는 그제야 왈칵 눈물이 났다.

스트라스부르에도 노트르담 대성당이 있다. 파리에 있는 노트르담도 세기의 걸작이지만 지호는 어쩐지 이 소담한 도시에 더 마음이 간다. 성당 하나에도 700년의 세월을 들이는 갸륵한 정성도 정성인데 단지 그것 때문만은 아니다. 역사적으로 프랑스의 영토였다가 독일의 땅이 되었다가, 독일이 2차 세계대전 패전국이 된 1944년 이후에 다시 프랑스로 공인된 국경 도시. 이쪽도 저쪽도 맞지만 여기도 저기도 아닌 기묘한 느낌. 이 도시는 꼭 지호 자신의 처지와 닮아있는 것 같은 기분이 들어서 묘하게 끌리는 데가 있다. 그래서 지호는 오늘, 단비에게 그런 얘기를 들려주려 했던 건데, 일이 괴상하게 꼬여버렸다.

"우리 여기에 좀 앉을까?"

지호가 대성당 뒤편에 있는 빈 계단을 보면서 말했다.

"응, 좋아."

단비는 모든 에너지를 소진한 듯한 얼굴이다. 눈물로 한 차례 씻어내서인지 그러잖아도 하얀 피부가 오후의 햇살 아래에서 더욱 투명하게 빛나고 있다.

"아까 실은… 누나를 봤어. 아니, 누나를 봤다고 착각했지."

지호가 아껴뒀던 말을 꺼낸다.

"누나? 누나가 있어? 그런데 아깐… 누나라고 하기엔 너무 어렸는데. 내가 잘못 봤나."

"어렸을 때 헤어졌거든. 꼭 그만할 때였어. 정확하게는 잃어버렸다는 표현이 맞겠다. 시간이 퍽 흘렀고 이제는 어느 정도 받아들였다고 생각했는데 한 번씩 이렇게 정신을 놓을 때가 있어."

"그랬구나. 그런 일이 있었구나."

"놀라게 해서 다시 한번 미안해. 그리고 내가 돌아올 때까지 그 자리에 있어 줘서 고마워. 난 진짜, 너도 잃어버리는 줄 알고⋯⋯."

단비도 살면서 많은 것들을 잃어버렸다. 초등학교 4학년 때인가, 소풍날 두둑이 받은 용돈 지갑을 너무 애지중지하다가 잃어버렸고, 잃어버린 게 억울해서 집으로 가는 내내 씩씩거리며 애꿎은 돌멩이를 툭툭 차곤 했었는데 시간이 꽤 흐른 지금도 그 일만 떠올리면 발가락이 콕콕 쑤신다. 온갖 돌부리를 걸어차느라 발갛게 부어올랐던 열 살 소녀의 오른발이 떠올라서 그럴 것이다. 어디 그뿐인가. 오후에 비가 온다는 일기예보에 맞춰 새로 산 장우산을 들고 나갔다가 말짱한 하늘을 보며 빈손으로 털레털레 돌아온 날도 있었고, 고등학교 때 같은 반 단짝 친구와 하나씩 나눠 낀 우정 반지를 잃어버려서 식음을 전

폐하고 끙끙 앓아누운 밤도 있었다. 잠시 쓰던 물건을 분실해도 그렇게나 슬픈데, 하물며 누나라니. 피가 섞인 가족이라니. 단비로서는 도저히 상상도 할 수 없는 일을 지호가 겪었고, 여전히 겪고 있다. 절대로 과거형이 될 수 없는 그 엄청난 일을 지호가. 다른 사람도 아닌 유지호가.

단비는(조금 전에 지호를 놓쳤을 때보다) 지금이야말로 크게 놀랐지만 겉으로는 내색하지 않았다. 생각보다 덤덤한 반응에 마음이 놓인 지호는, 살면서 처음으로 자신이 겪은 일들을 자세히 털어놓았다. 20여 년 전, 누나의 생일을 기념해 떠난 가족여행에서 그와 같은 불상사가 있었고, 그 뒤로는 한 번도 부모님과 함께 여행을 다녀본 적이 없다고 했다. 사고가 있고 십년 정도는 식탁에 항상 누나의 수저가 놓였고, 프라하에서 한인민박집을 운영하는 어머니는 요즘도 누나 또래의 손님들이 다녀가면 빈방을 치우다가 주저앉아 눈물범벅이 되시고, 은퇴를 앞둔 아버지는 혹시라도 딸이 돌아올까 봐 이사는커녕 한국행도 포기하셨다는 이야기까지… 지호는 이 모든 말들을 단비에게 꺼내 놓았다. 아울러, 그동안 하지 못했던 말도.

"그때 말이야. 너랑 해국 형에게는 미리 말을 했어야 했는데. 갑자기 사라져서 미안했어."

"괜찮아. 이제 지난 일이야."

"그래도. 그럼 안됐었는데. 나도 내가 왜 그랬는지 지나고 나서야 알겠더라. 이별하는 과정이 불편해서 비겁하게 군 거지."

"외로웠겠다, 유지호."

"뭐?"

"그렇게 사느라 외로웠겠다고, 많이."

"엄살이 심한 거지. 사람은 누구나 다 외롭지, 넌 안 그래?"

"그런가. 나 외롭나? 어때 보여?"

"그건 모르겠고, 네가 파리에 찾아온 첫날 말이야. 나한테 해준 그 고백은……"

"아냐! 거기까지만 해! 아, 음음. 나 체하겠다. 아니~ 대답을 듣자고 한 말이 아니라니까. 진짜야, 네버! 전혀 부담 가질 필요 없다구. 그러니까 우리 다른 얘기 하자. 응? 아후~ 갑자기 훅 들어와서 깜짝 놀랐네."

"푸흡. 뭘 또 그렇게까지… 그래, 알았어. 그럼 그 얘긴 다음에 하는 게 좋겠다."

지호는 이제 단비와의 다음,을 생각한다. 물론 다음을 생각한다고 해서 관계가 영원하리라는 법은 없지만, 따지고 보면 세상에 영원한 관계 같은 건 어디에도 없는 거니까. 영원하고 싶은 마음만 있는 거니까. 그런 마음을 일깨워준 단비가… 지호에겐 그저 고마울 따름이다.

"영화 얘기나 좀 더 해 줘. 진짜 감독이 되고 싶은 거야?"

단비가 호기심 어린 눈으로 물었다.

"왜? 안 어울려?"

지호는 멋쩍게 되물었다.

"아니, 그렇다기 보다는 그냥 신기해서. 나중에는 유 감독님이라고 불러야 하는 건가?"

단비는 무엇을 떠올리는지 눈을 동그랗게 굴린다.

"놀리는 거지?"

지호가 핀잔을 주듯 말했지만,

"아니거든! 격하게 응원하는 거거든? 크흐."

단비는 아랑곳하지 않고, 성근 진심을 가볍게 툭 농담처럼 뱉었다. 그 순간에 지호는 엷은 웃음을 흘리며 생각했다. 이런 식의 표현은 정말이지 백단비답다고. 이전의 유지호는, 그러니까 프라하에서의 유지호는… 자신이 그녀를, 어딘가 모르게 경직돼있는 단비를 가볍게 만들어주었다고 여겼지만, 지금은 정확히 반대가 되었다. 혼자서는 가져볼 수 없는 감정들을 그녀가 안겨주었다. 어느 날 갑자기 들이닥쳐 처음엔 당혹감을 안

겨주더니, 이후에는 편안한 설렘을, 그러다 이제는 해방감을 주고 있다.

"으이구!"

지호가 그녀의 머리칼을 헝클며 장난스럽게 말했다.

"뭐지? 이런 식으로 공격을 하시겠다! 이리 와!"

"싫은데~"

한동안 실없는 장난이 이어졌고, 잠깐 목을 축이기 위해 들어간 카페에서 생수 한 병과 젤라토 두 개를 들고나온 것 말고는 특별한 움직임이 없었다. 유난히 시간이 빠르게 흐르고 있었고, 각자의 자리로 돌아갈 때가 다가오고 있었기에. 두 사람은 남은 시간을 오롯이 서로에게 집중했다.

"자, 악수!"

단비가 손을 내밀었다.

"무슨 의미야?"

라고, 지호가 물었다. 그녀의 눈과 손을 번갈아 보면서.

"만나서 반갑다는 의미? 오늘에서야 진짜 유지호를 만난 기분이거든."

어떤 한 존재를 깊이 알아간다는 것이 결코 쉬운 여정은 아니지만, 그렇다고 피할 수 있는 길도 아니라는 걸, 두 사람은 맞잡은 손의 온기를 통해 배우고 있다.

"이건 너한테만 말하는 건데, 나의 첫 작품은……."

유지호는 힘주어 뒷말을 이었다. 훗날 데뷔작은 반드시 스트
라스부르를 배경으로 찍고 싶다는 감독 지망생의 야심 찬 포부
가 있었는데. 지호는 그 모든 꿈들을 진중한 언어로 가지런히
들려주었고, 단비는 간혹 고개를 주억거리거나 추임새 같은 말
들만 보탰을 뿐 그의 얘기가 끝날 때까지 그저 따뜻한 청자로
있어 주었다. 그렇게 두 사람은 새파랗던 하늘이 붉은 파스텔
빛깔로 물들 때까지 노트르담의 계단을 떠나지 않았다.

## 22. 길을 잃는다는 건

한 번이라도 길을 잃어본 사람들은 안다. 길을 나서기 전에는 꼭 그 길이어야 할 것만 같은 확신이 들지만, 막상 걷다 보면 생각지도 못한 샛길이 보이기도 한다는 걸 말이다. 출발 전에 어렴풋이 떠올렸던 이미지와 부합하지 않아 다소 실망하거나 혹은, 그래서 오히려 더 좋았다고 선뜻 만족하는 뜻밖의 자신을 발견할 때. 그럴 때 우리는 정녕 우리가 찾던 길을 만나게 된다.

"이거 꿈 아니죠?"

인천공항에서 날아오른 프라하행 항공기 안에서 해국이 수빈에게 물었다.

"아마 아닐…걸요."

수빈은 창밖으로 보이는 흰 구름처럼 부드럽게 답했고,

"마민카 식당은 잘 있을까요?"

"그럼요~ 아무 걱정 말고, 도착할 때까지 해국 씨도 눈 좀 붙여요."

해국은 그제야 안도감을 느끼며 스르륵 눈을 감는다. 감은 눈 속에서 혼자 조용히 회상한다. 비드라 아저씨의 오페라 공연을 보러 갔던 날, 수빈을 한국으로 데려다주겠다고 말했을 때. 그때까지만 해도 이런 결말은 상상할 수 없었다. 수빈과 마지막 인사를 나누고, 고향 납골당에 들러 어머니께 안부나 여쭙고 오면 되겠다고. 딱 그 정도의 마음이었다. 그랬기에, 프라하로 다시 돌아오는 길은 퍽 쓸쓸할 줄 알았는데 예상은 정확히 빗나갔다.

"흐음~ 좋네요."

해국이 여전히 감은 눈으로 입을 열었다.

"잠든 거 아니었어요?"

어둑한 기내, 머리맡에 있는 노란 독서등을 켜고 소리 없이 책장을 넘기던 수빈이 해국을 본다.

"누가 도파민을 과다 주입해서 그런지, 잠이 오질 않네요."

해국은 뜻밖이라고 말하지만 수빈은 아니다. 언제부터였는지 콕 집어 특정할 수는 없지만, 어쩌면 이렇게 될지도 모르겠다고 어렴풋이 짐작하고 있었으니까. 해국과 함께 수개월 만에 한국을 찾았을 때. 익숙하면서도 낯선 공기를 직면했을 때. 수빈은 비로소 깨달았다. 자신이 있어야 할 곳이 어디인지를.

"우리 내일 저녁은 마민카에서 같이 먹을까요?"

해국이 물었다.

"내일은 안 될 것 같아요. 단비가 다니던 어학원에 가서 체코 어로 레벨테스트도 받아야 하고요. 세탁소에 들러서 에블린 아 주머니께 인사도 드려야 하고, 글쓰기 플랫폼으로 들어온 청탁 원고가 있어서 글도 한 편 써야 하고요. 또……."

"옙, 알겠습니다! 며칠은 방해 안 할게요."

처음엔 전남편과의 허니문으로, 두 번째는 이혼 기념 여행으 로, 그리고 이번에는 새출발을 위해 선택한 프라하행. 수빈에 게 체코는 여러모로 남다른 의미일 수밖에 없다. 생애 가장 반 짝이는 기억도, 가장 초라하다 느꼈던 순간도 모두 그곳에 있 다. 그녀는 다시 한번 날아오른 프라하행 비행기 안에서 결심 한다. 또다시 무너지고 상처받더라도 상처를 핑계 삼아 숨지 않기를. 수없이 좌절하더라도 또 한 번 태어나기를. 그리하여 남은 인생을 허비하지 않고 즐겁게 살아가기를. 그러나 한 가 지. 더는 사랑에만 기대지 않을 것이다. 그러기 위해서는 스스 로 일어서야 하는데, 때마침 반가운 연락을 받았다. 한국에 있 을 때 의류업계에서 함께 일한 VMD 동료가 신생 브랜드를 창 업했는데, 수빈에게 해외 파트 업무를 제안한 것이다.

"체코어는 얼마 전에 말한 그 신생 브랜드 일 때문에 배우는 거예요?"

해국이 기억을 더듬으며 말했다.

"네, 같은 업계에 있던 친구가 새로 시작한 사업인데요. 체코 시장의 반응을 보고 싶다고 해서요. 제가 그 일을 맡아볼까 해요. 그러려면 언어가 기본이니까요."

"영어가 있잖아요."

"물론 대부분의 의사소통은 영어로 하겠지만 체코어가 필요한 순간이 있을 테니까요. 대비해야죠."

"그럼 책은요? 출판 제의도 들어왔다면서요."

"아… 그건 고사했어요."

"왜요?"

"음… 어떤 목적을 가지고 쓴 글들이 아니라서요. 그리고 무엇보다, 쓰는 동안 이미 다 받았거든요."

"이미 다 받았다… 무슨 말인지 알겠네요."

해국은 고개를 끄덕이며 말을 줄였다.

"참, 지호 씨! 단비가 그러는데 지금 프라하에 지호 씨가 와 있대요."

"유지호가요? 이 녀석, 왔으면 형님한테 먼저 인사할 일이지

~ 가만히 두면 안 되겠는데요?"

"가만히 안 두면요?"

"아주 그냥 격하게! 안아줘야죠~ 하핫. 지호 그 녀석. 지인~

짜 보고싶었거든요."

"그럼… 나준 씨가 서운해 하지 않을까요?"

"아, 그렇죠, 하나준!"

해국은 오랜만에 그 이름을 부르며 입가에 미소를 머금고

있다. 지난 봄, 지호의 빈자리가 점점 더 커져감을 실감할 무렵

이었다. 마민카식당의 직원이 되고 싶다고 해국에게 넝쿨째 굴

러 들어온 복덩이. 그 녀석이 바로 하나준이다.

"나준 씨는 요즘 어떻게 지내요?"

수빈이 물었다. 그러자, 잠시 곰곰한 얼굴이었던 해국이 깨

어났다.

"지금쯤 아마 스위스 그린델발트에서 텐트를 접고 있을 거

예요. 생각지도 못한 휴가를 받아서 처음엔 당황하더니, 오히

려 잘됐다면서 급하게 배낭을 꾸리더라고요. 복학하기 전에 대

자연 속에서 캠핑이나 한번 하고 가야겠다면서 어찌나 무게를

잡던지. 아휴~ 말도 마요."

수빈에게는 여기까지 일러두었지만, 사실 해국에게는 아직

하지 못한 말들이 남아있다. 그것은 나준에 관한 이야기다. 지극히 개인적인 일이라 아무리 수빈이라고 해도 그 일에 관해서는 비밀에 부치는 편이 맞겠다는 판단이 들었다. 얼마 전, 나준은 해국에게,

"사장님! 아니, 형!"

"형?"

"네, 오늘은 직원이 아니라 순전히 동생의 입장에서 물어보고 싶은 게 있는데요."

"무슨 얘긴데 그렇게 분위기를 잡고 그러냐. 내가 뭐 실수한 거라도……."

"아깝다. 이럴 때 딱 꼬투리를 잡아야 하는데."

"뭐, 인마?"

"제가요. 최근에 어떤 연락을 받았는데요. 그게 그러니까… 한국에서 온 연락인데."

나준은 잠시 하던 말을 멈추었고, 해국은 숨소리마저 죽이며 그의 표정을 살피었다.

"저를 낳아주신 분이… 저를 찾고 있대요."

"그래? 그렇…구나."

"그런데 이상해요. 별로 궁금하지가 않아요. 그분과 저는 피

가 섞였지만, 제 어머니와 저는 씨실과 날실로 엮여 있거든요. 우연히 발생한 운명보다, 운명을 거스르면서까지 굳이 험한 길을 선택한 한 여인의 사랑이 제겐 더 소중하거든요."

그날 해국은 어떤 의견도 섣불리 주지 않았다. 다만 들어주었다. 나준이 자신의 감정의 골, 그 밑바닥에 있는 것까지 깊숙이 들여다볼 수 있도록 귀를 열고 숲이 되어주었다. 그것이 해국이 줄 수 있는 최선의 위로라고 믿었다. 녀석이 가을학기로 예정된 의대 복학 전에 캠핑을 떠난 건 아마도 그 문제로 어지러운 마음을 달래기 위함일 거라고, 해국은 어림잡아 헤아리고 있다.

살다 보면 누구나 뜻하지 않게 길을 잃는다. 저마다 시기의 차이만 있을 뿐, 우리는 모두 낯선 길 위에 서 있다. 나아갈 방향을 몰라 헤매고, 쉬어 갈 지점을 몰라 미련을 떤다. 그렇게 차츰 세상을 알아가고, 그러다 어느 틈에 정을 붙이며 살아가는 것. 그런 게 인생이라면 나준은 너무나 잘 해내고 있다. 그가 생모를 만나든 만나지 않든 그는 예나 지금이나, 그리고 앞으로도 변함없이 하나준으로, 그 자신으로 살아갈 것이다. 지호도 마찬가지다. 어릴 적에 누나를 잃는 아픔을 겪었지만, 그로 인해 한때는 희망을 등진 적도 있지만, 오늘날의 그는 다시 처음부터 한 발짝씩 나아가고 있다. 지호가 훗날 진짜 영화감독이 되었을 때. 그때는 단비가 옆에 있을지 아니면 또 다른 누군가와 함께일지 지금으로서는 어떤 것도 알 수 없지만, 그보다 중요한 건 당장 오늘을 잘 살아내는 일이다. 그런 면에서 단비는 누구보다 탁월하다. 그녀는 요즘 취업 준비에 한창이다. 주체코 대한민국 대사관에서 일반직 행정 직원을 모집한다는 소식을 접한 이후로, 어느 때보다 의욕적인 나날을 보내고 있다.

모두가 각자의 위치에서 주어진 하루를 충실히 겪어내는 것. 무리하지 않는 일상 속에서 밀알 같은 기쁨들을 발견하는 것. 그렇게 또 살아가고 사랑하는 것. 그러다 또다시 길을 떠나더라도 그것 또한 기꺼이 삶으로 받아들이는 것. 그것이야말로 인간인 우리가 부여받은 소명이자, 생의 유일한 나침반은 아닐까. 때론 황망하고 어느 날에는 다 포기하고 싶을 만큼 참담하기도 하겠지만, 그럼에도 우리에겐 내일이 있으니까. 매일 아침에 눈을 뜨면 머리맡에 와 있는 햇살과 이따금씩 머리칼을 간지럽히는 바람과 누구에게나 공평하게 주어지는 공기가 있고, 계절 따라 피고 지는 꽃들과 군말 없이 서 있는 나무도 있다. 그러니 우리는 또 걸을 수 있다. 수없이 길을 잃고 무참히 낙오하게 되더라도… 결국 우리는 다시, 길 위에 오를 것이다.

그러니까 모두, 나 즈드라비!

## 작가의 말

2023년 11월 25일. 그날도 저는 체코 오스트라바에 있었습니다. 그리고 오늘처럼 하나의 긴 이야기를 매듭지으며 '작가의 말'을 적었습니다. 그로부터 약 2년의 시간이 흘렀네요. 이 책은 저의 첫 소설인 『마민카 식당에 눈이 내리면』의 후속작입니다.

그해 겨울, 제 손끝에서 피어난 주인공들의 이야기에 몰입해 주시고, 함께 공감해 주신 분들을 떠올리며 한분 한분께 보답하는 마음으로 준비했습니다. 첫 소설 출간 이후에 많은 분으로부터 정성 어린 서평을 받았는데요. 그중에서도 뒷이야기가 궁금하다는 의견이 주를 이뤘습니다. 초기에 이 소설을 기획할 당시만 해도 오늘과 같은 결말에 이르리라고는 조금도 예상치 못했는데요. 후속도 당연히 염두에 두지 않았고요. 그랬기에 이번 작업을 시작하기까지 남모를 고민이 많았습니다. 이미 지난 책에 모든 열정을 쏟은 상태였기에 후속으로 덧붙일 이야기들이 남아있을까, 하는 걱정이 컸습니다. 그런 시간들이 무색하게 꿈 같은 오늘이 찾아와 주었네요. 이로써 제게는 잊지 못할 하루가 더 늘었습니다.

이번 책을 쓰면서 심중에 꽂은 푯말은 두 가지인데요. 하나는, 앞 이야기를 전혀 모르시는 분들이 접하더라도 무방할 수 있도록, 편안히 읽히도록 쓰자는 것이었고요. 다른 하나는, 쓰는 저로서도 아쉬움이 남지 않게 인물들과 더 많은 대화를 나누자는 것이었습니다. 그런 저의 의도가 당신께 충분히 전해졌다면 저자의 입장에서 그보다 큰 영광은 없겠지요. 아마도 저는 이 순간을 위해 글을 짓는지도 모르겠습니다. 누군가 내가 지어 놓은 무대를 찾아오고, 그 무대 위에 세운 인물들을 만나고, 그들의 이야기에 슬며시 귀 기울이다가 어느새 응원하는 마음이 되어있을 때. 그런 기적 같은 모먼트를 기다리면서 매일 같은 시간, 같은 자리에 앉아서 스스로를 오래 괴롭혔는데요. 이 순간에 이르니 그 모든 노고가 시원하게 씻겨져 나가는 기분입니다.

그러니 부디 당신에게도 이 이야기가 반갑게 녹아들었길 바랍니다. 반가이 만나서 나란히 걷다가 갈림길이 나오면 등 한 번 토닥이고 서로의 길로 웃으며 보내주는 사이. 책 속의 주인공들처럼 우리도 그렇게 해요. 살다가 오늘처럼 문득 우연히 만나면 기쁘게 인사하고 잠시 머물렀다가, 때가 되면 애틋하게 보내주는 사이로, 언젠가 또 이렇게 지면을 통해 당신을 다시 뵙게 되길 기대하며 [나 즈드라비]를 마칩니다.

2025년 12월 1일, 체코 오스트라바에서

**조수필** 드림

# 나 즈드라비

2025년 12월 08일 초판 1쇄 발행

**글** 조수필
**발행인** 박윤희
**발행처** 도서출판 이곳 **디자인** 디자인스튜디오 이곳
**등록** 2018. 10. 8 신고번호 제2018-000118호 **이메일** bookndesign@daum.net
**홈페이지** https://bookndesign.com **팩스** 0504.062.2548
**블로그** blog.naver.com/designit **인스타그램** @book_n_design

**저작권자** © 조수필
ISBN 979-11-93519-34-9 (03800)

**도서출판 이곳**
우리는 단순히 책을 만들지 않습니다.
작가와 책이 마주치는 이곳에서 끊임없이 나음을 넘어 다름을 생각합니다.